世界动物小说

决战悬崖的狮尾狒

[日]草山万兔 著　[日]薮内正幸 绘

孙雅甜 译

贵州出版集团　贵州人民出版社

目录

星之诞生 …………………………… 7

母亲之死 …………………………… 10

家族成员 …………………………… 20

库西鲁叔叔 ………………………… 29

勇猛的雄性军团 …………………… 43

群落会合 …………………………… 53

死亡和兀鹫 ………………………… 63

与吃死尸的家伙们搏斗 …………… 67

少年考克布的冒险 ………………… 75

快乐的少年时期 …………………… 88

雄性军团的生活 …………………… 98

考克布归来 …………………………………… 108

偷猎 ……………………………………………… 125

可怕的敌人 …………………………………… 134

成为首领之路 ………………………………… 149

决战 ……………………………………………… 161

与雌性们的关系 ……………………………… 174

年轻首领 ………………………………………… 180

和平共处 ………………………………………… 192

忍辱负重 ………………………………………… 198

神秘的雄性军团 ……………………………… 204

星之明日 ………………………………………… 214

关于狮尾狒 …………………………………… 219

年轻雄性们追过来的时候,考克布早已如疾风般离去,带着胜利者的骄傲,在银白色的原野上缓步奔跑着,跑向等待他归来的家族成员们。

狮尾狒

星之诞生

　　春天短暂的雨季结束了，两片残云浮在空中，仿佛两艘白色的小船，静静地向东方飘去。太阳像一个又白又亮的圆盘，在蓝宝石般澄澈透明的天空里散发着灿烂的光芒，一束束火辣辣的阳光照射着大地。

　　一群狮尾狒一字排开走在平缓的草原上。他们边走边吃着草，慢慢向西移动。雨季是上天的恩惠，持续的旱季使高地变得干巴巴的，草完全枯萎了，食物也变少了。三月的雨季虽然只有短短的一个月，不过草全都发芽了，草原将变成富饶的绿色。

雌狮尾狒基特鲁离开群落，走到一块岩石后面蹲坐下来。她感到肚子很沉重，似乎有什么东西在腹中蠕动。她伸手摸了摸屁股，发现手指上沾上了黏糊糊的液体。她把手放到鼻子前面闻了闻，闻到了一股酸酸的味道。她将手指在草上蹭了蹭，有些茫然地望着天空。

"呜——呜——"基特鲁听到一阵低吼声，那声音是从喉咙深处发出的，是家族首领——雄狮尾狒迪鲁，他是来带基特鲁回群的。迪鲁挥舞着长长的尾巴，发出阵阵低吼，围着她转了一圈，仿佛在说："快！和我一起回去吧！你在磨蹭什么呢！"

基特鲁有些心不在焉地听着迪鲁的叫声，仍旧呆呆地看着天空。"嘎——"远处传来一声惨叫，是小狮尾狒的声音。基特鲁顿时回过神来，看着眼前的情景。迪鲁正坐在对面，"咕——"地吼了一声，双眼上方的两块白色斑纹高高吊起，眼睛狠狠瞪着她："快回去！我要生气了！"

狮尾狒的眼皮上长着两块白色斑纹，平时是很难看到的，不过他们一旦发怒，眉头向上方挑起，斑纹便会清晰地呈现出来，就像长了一对白眉。这是狮尾狒特有的表情，意思是"我生气了"。

"呜咿。"——"明白了。"——基特鲁小声答应道。迪鲁很快掉转身向前走去，基特鲁紧随其后。

那天晚上，狮尾狒群在一处陡峭的悬崖下方过夜。

天色开始发白。看不到一片云彩的天空渐渐被朝晖填满了。在这个夜色慢慢退去、白昼即将来临的拂晓时分，在这个天空马上就要从灰色变成淡粉色的时刻，基特鲁感到下腹部有一种无法言说的沉闷。没有过产子经验的基特鲁并不明白这种感觉意味着什么。

基特鲁离开那些幼崽，横躺在草地上。要是有哪个幼崽试图靠近，她会睁大双眼，露出白眉，狠狠瞪着他，发出低沉的威吓的叫声——不许来这边！到那边去！

她的下腹部有些疼痛。基特鲁开始还以为是抽筋了，却发现自己竟然生下了一个小崽儿。出于一种本能，基特鲁立刻用双手抱起孩子，开始舔他。她把小崽儿身上黏糊糊的东西和鲜血舔干净以后，将其紧紧抱在怀里，把他的脸靠在自己的乳房上。小崽儿的脸在她的胸口蹭了一会儿，当嘴巴碰到乳头时，便含在嘴里吮吸了起来。一个新的生命就这样诞生了。

天空已经涂上了一层薄薄的淡粉色，拂晓的金星仍在闪耀。既然这个小生命是母亲看着星星生下来的，从此就叫他"考克布"（在埃塞俄比亚的阿姆哈拉语中是"星辰"的意思）吧。

斑鸠

母亲之死

考克布坐在断崖突出的岩石上,眺望着一望无际的云海。考克布已经出生十个月了。他现在仍然贪恋母亲的奶水,不过他已经可以和其他孩子玩耍,已经能够自由行动了。

灰色的云在云海里翻滚着,耳边传来轰隆隆的可怕响声,云朵中闪过一道刺眼的光芒。那是雷声在响,闪电划过。考克布坐的那块岩石足足有三千八百米高,雨云在岩石下方伸展成一片云海。现在,考克布在蓝天下沐浴着阳光，而云彩下方一定是倾盆大雨。

考克布望着翻滚的云朵发了一会儿呆，忽然纵身跃起，向山崖的低洼处跑去。考克布的母亲基特鲁正躺在那里。考克布抱住母亲，衔住了她胸口的奶头。可是奶水只出来了一点儿，仅够润湿考克布的嘴巴。考克布放弃了，开始为母亲梳理毛发——妈妈，你还好吗？

基特鲁生病了。她生下考克布后，身体恢复得并不好，变得越来越衰弱了。

其他的狮尾狒早已爬上山崖，到上面的草原去了，唯有身体虚弱的基特鲁和考克布被留在了这里。

考克布肚子饿了，便拔下长在山崖上的野草充饥。随后，他突然被一阵强烈的孤独感包围，心里仿佛吹过了一阵寒风，很是不安。他小声叫着，用手推了推基特鲁——快起来啊！咱们去大家那里吧！我好无聊！

基特鲁睁开眼，吃力地坐起身子，用温柔的目光看着考克布，发出了一声虚弱的"呜咿"声——知道啦，妈妈会努力带你去找大家的。

山崖几乎是垂直突出来的。基特鲁抓着微微凸出的岩石和野草，在足有百米长的岩壁上缓缓爬行。考克布还是个小崽儿，他本该骑在母亲的臀部，由母亲背上去。可如果那样做，母亲那极度虚弱的身体一定受不了，所以他便努力跟在母亲身后。

他们走走停停，终于爬上了山崖，来到了洒满阳光的大草原。草原上的青草刚刚长出嫩芽。考克布和母亲决定在这里休息一阵子，他们吃了新鲜的青草，恢复了些力气。

天空没有一丝云彩，刚刚的电闪雷鸣和乌云滚滚仿佛不曾存在过。在灿烂的阳光下，大草原展露了它的全貌。考克布所在的这片草原，北侧和东侧都是垂直的断崖，只有南侧的草原一路蜿蜒伸展开去。站在草原的边缘——也就是断崖上方，向下看去，会看到桌状的岩石台地和尖尖的石山分散四处，那情景就像月球的表面。

这里是非洲大陆埃塞俄比亚北部的山地。埃塞俄比亚北部的地形十分复杂，因此也创造出十分神奇的景色。

距今大约三千万年以前，火山活动使地面隆起，在埃塞俄比亚北部造就了海拔两千米至四千米的高原。在漫长的岁月里，经过风吹雨打，河流诞生了，尖耸的山峰变得平缓，高原逐渐被侵蚀，形成了深深的山谷。于是，被称作鞍马或桌状台地的独特地形诞生了。请各位想象一下各种大小或形状的桌子摆在面前的样子，或许就能对这里的地形有所了解。

台地的上方是草原，那里有村落。从一个村落去往另一个村落，需要爬下一千多米高的山崖，然后再登上另一座鞍马台地。所以，虽然直线距离很近，可要去一趟邻村却十分辛苦。不过，埃塞俄比亚的村民们在这样的悬崖上开辟了道路，他们可以沿着这条路轻松地到达想去的村子。

考克布栖息的艾米艾特山位于一座长约十二千米的台地边缘，约三千九百米高。台地是平缓的斜坡，所以到达山顶并不是一件难事。然而在山的北侧，几乎都是约一千四百米深的垂直悬崖。这个长长的台地的北面和西面被巨大的悬崖包围，狮尾狒就在这些悬崖下方过夜，住处是不固定的。他们在草原上一边缓缓移动一边采食青草，到了傍晚，便会爬下悬崖，找个合适的地方睡觉。悬崖可以抵御他们最可怕的敌人——人类和狗，这样狮尾狒们就可以安然入眠。到了早上，狮尾狒们又会爬上悬崖，在草原上采食青草。这样的生活日复一日地进行着。

住在艾米艾特山上的狮尾狒们散落在草原上，正在拼命地采食青草。考克布很快就发现了迪鲁，欢快地跑了过去。迪鲁率领的家族有五只雌狒和七只幼崽，考克布是其中的一员。这类似于人类原始社会里一夫多妻的家族集团，狮尾狒群便是由许多类似这样的家族构成，被称为"群落"。迪鲁家族所在的群落由七个家族构成，共有七十三只狮尾狒。由于他们栖息在艾米艾特山附近，就让我们称他们为"艾米艾特群落"吧。

考克布几乎是一路跳着跑过来，迪鲁快步迎了上去，然而他只是草草瞥了一眼考克布，便迈着矫健的步伐径直向基特鲁身边走去。

母亲之死

迪鲁在基特鲁身边转着圈,"呜咿——呜咿——"地叫着:你还好吧?我来接你了,一定要打起精神来!

迪鲁突然大声发出了"咕哇——咕——呀——呀"的奇怪叫声,接着紧紧抱住了基特鲁:有我在,不用怕,基特鲁,咱们这就到大家那里去。

基特鲁的眼中流露出喜悦的光彩,用虚弱的声音回应道"呜咿——咕——":谢谢你,迪鲁。

基特鲁跟在迪鲁身后,那精神抖擞的样子令人无法相信。一定是喜悦之情充满了基特鲁的身体,又转化成能量赐予她力量了吧。

考克布看到了这一幕。接着,他便急急忙忙地跑到阿特古婶婶那里去了。婶婶紧紧抱住他,为他梳理毛发。自从考克布的母亲基特鲁的身体变差以后,她甚至都不能为他梳毛了。所以考克布让婶婶仔仔细细地把他舔了个够,感觉自己仿佛在天堂。

阿特古的孩子德梅纳是一只比考克布年长两岁的雄性狮尾狒,也是考克布最要好的伙伴。等到毛发梳理完毕,考克布便和德梅纳玩起摔跤来,两只小狮尾狒打得难解难分。

又过了三天,群落已经出发了,可是基特鲁和考克布仍旧待在悬崖中部的岩石平台上。昨夜狮群不巧住在了北侧的悬崖,整个晚上寒冷刺骨。北面终年不见阳光，有的地方甚至结了冰。

　　基特鲁已经虚弱到极点，紧贴岩石躺着。然而，这里没有阳光的照射，十分寒冷，这让她的身体愈发虚弱了。妈妈要是能走到有阳光的暖和地方就好了，考克布心想。可是，基特鲁已经没有那个力气了。

　　母亲已经完全没有乳汁了。考克布不得不用笨拙的动作搜寻着可以吃的青草，努力让自己活下去。口渴的时候，他就掰下岩石上垂下的冰柱吃，虽然很凉，但是很好吃。

　　考克布坐在一块沐浴着阳光的岩石上。他饿了，肚子发出"咕咕"的叫声。考克布刚才一直在拼命吃草，可是吃不上母亲那甘甜浓醇的乳汁，仍旧没有饱腹感。没有风，考克布享受着和煦的阳光，不知不觉睡着了。

　　考克布做了一个浅浅的梦。在云雾缭绕的草原上，他迷路了。雾很浓，十米以外的地方都看不见。考克布边跑边大声呼唤着母亲。

　　他隐约看见母亲坐在悬崖边上，便激动地跑了过去。他正想抱住母亲，母亲却轻飘飘地浮起来了。"危险！会掉下去的！"考克布跳了起来，想要抓住母亲。

　　"咻——咻——"一阵尖厉的振翅声划破长空，刺破了考克布的耳鼓，令他从梦中惊醒。

　　是几只斑鸠组成一个编队，正呼啸着从他的头顶飞过。斑鸠的特点是眼睛周围有一圈红色的羽毛。

　　"真危险，差一点儿就从岩石上跌落谷底了。"如果没有斑鸠那尖锐的振翅声,考克布早就在无意识中从岩石上头栽下去了。

斑鸠群掉转头,用疾风般的速度向这边飞过来,随即掠过考克布的头顶,向着深深的谷底飞速俯冲下去。当斑鸠的影子伴随着"咻——"的一声尖叫掠过考克布头顶时,斑鸠那红色的脚爪仿佛红宝石般闪了一下。考克布情不自禁地伸出手,想要抓住那脚爪。他会有这样的举动,或许是因为在内心深处,他很想从现在的痛苦处境中挣脱出来,飞向广阔的天空吧。

当夜幕降临,寒冷渐渐袭来。考克布紧贴着基特鲁的身体取暖。基特鲁几乎一动不动,甚至看不出是否还在呼吸,她已经濒临死亡的边缘。即便如此,考克布还是能够透过柔软的毛感受到母亲那温暖的体温。

天放晴了,蓝黑色的夜空里挂着一道银河,金色和银色的星星一闪一闪,像无数散落的砂粒。午夜时分,考克布被冻醒了。他突然意识到了什么,离开了基特鲁。她的身体已经变冷了。

母亲死了。考克布并不明白死亡是什么,不过他的直觉告诉自己,发生了一件天大的事情。考克布推了推基特鲁的身体,又拽了拽她的手。可是,母亲没有任何反应,只是像石块那样翻了过去。

考克布重复着刚才的动作,过了一会儿,他终于放弃了。考克布坐在薰衣草的草丛里,眺望着一颗闪耀着红光的星星。他想起白天时自己曾被红眼圈斑鸠救过一命，还想起自己情不自禁地想要抓住斑鸠的红色脚爪。

闪烁的红色星星突然晃了一下。考克布还以为是自己看错了，定睛一看，只见红色星星忽然发出金黄色的光芒，那光芒在夜空中划过一道巨大的弧线，消失在了地平线附近。

红色星星仍旧在原来的位置上发着神奇的红色光芒，考克布不知为何松了一口气。刚才是流星从这颗星星前面划过。考克布的眼睛一眨不眨地盯着红色星星，他觉得那就像现在的自己。流星的坠落和基特鲁的离去，让他愈发深刻地感受到了孤身一人的滋味。

考克布飞奔着跑向阿特古婶婶。婶婶一把抱起考克布，接着便开始给他梳理毛发。大家并不知道基特鲁已经死了，不过看到考克布只身一人，狮尾狒们便隐约察觉到基特鲁出事了。

狮尾狒的习性与日本猴不同，他们会照看其他同伴的幼崽，也会陪幼崽玩耍。更何况基特鲁在世时，考克布就和阿特古一家十分亲密，尤其是和大哥德梅纳十分要好，所以阿特古一家很容易就接纳了考克布。

就这样，考克布成为阿特古家的一员。有时考克布实在忍不住了，会悄悄去吃婶婶的奶水。不管怎样，考克布一天天茁壮成长起来。

硕莲

家族成员

一次觅食结束后,狮尾狒家族各自占好地盘,开始梳理毛发。梳理毛发也就是抓虱子,大家用手指为对方清理毛发。这通常发生在关系亲密的狮尾狒之间,他们用手指抓出虱子、抓出粘在毛上的垃圾和皮屑。狮尾狒身上没有跳蚤,但他们会生虱子。如果他们相互之间不梳理毛发,虱子就会大量繁殖。

阿特古正在给首领迪鲁清理毛发。迪鲁横躺在草地上,很惬意地眯着眼睛。阿特古用左手拨开覆盖在首领脖子上的像斗篷一样的长长的毛发，用右手的大拇指和食指灵巧地捡出毛发里的脏东西。考克布则为婶婶的尾巴尖儿梳理着毛发。考克布已经一岁三个月大了，他已经能够很好地为伙伴梳理毛发了。

迪鲁坐了起来，面向阿特古，开始梳理起她肩上的毛发。这是对刚才的回礼。阿特古低下头，用两只手扒开迪鲁腹部的毛。如果是日本猴的话，当一只猴子为另一只梳理毛发时，另一只会老老实实地接受。狮尾狒却是双方同时为对方整理毛发，这是个十分有趣的特征。

七月初的午后，日头火辣辣的，阳光如洪水般倾泻而下。四周一片寂静，听不到一点儿声音，仿佛置身于深海之中。

湛蓝的天空中，一个黑点在缓缓飞旋，是鹫。鹫盘旋着下降，当下降到一个刚好能够看清他身影的位置时，他忽然在空中静止不动了。他在那个位置停留了一会儿，突然以迅猛的速度直线落下，仿佛是悬挂的铁块突然断了线。

很快，鹫便从草丛后面猛地飞了起来，脚上紧紧抓着一只老鼠。这片草原上老鼠随处可见，鹫就是凭借抓捕这些老鼠来维持生命的。

迪鲁紧挨着横卧的阿特古坐了下来，梳理起她侧腹部的毛发来。考克布走到迪鲁身后，拨开迪鲁的长毛，

家族成员

为他整理起毛发来。这时，出去玩耍的乌哈姐姐和德梅纳哥哥回来了，他们俩开始互相为对方整理毛发。

这是平静祥和的一刻。这里的海拔约三千八百米，即便是在白天，气温也很少超过十摄氏度。不过，如果赶上没有风的日子，又待在向阳处，就如同身处温室那样温暖，这会让动物们禁不住打起盹儿来。可是一旦有风吹来，身体便会感到一阵彻骨的寒意，冻得直打哆嗦。

雌狮尾狒首领库拉走过来了。库拉堵在阿特古面前，"呜"地叫了一声，声音虽小却很尖锐，然后便狠狠瞪着阿特古。这是她在发出命令："让开！该我了！"

阿特古站起身来，走到几米开外的地方。库拉在雌狮尾狒中地位最高，也最为傲慢。而且她嫉妒心强，尤其是对待阿特古十分苛刻，有时还会故意刁难她。面对这样的对手，即便是反抗，迟早也会败下阵来，所以阿特古干脆做出让步。

阿特古有考克布等三个孩子承欢膝下，十分幸福。阿特古给德梅纳梳理毛发，五岁的姐姐乌哈则给考克布梳理毛发。一家四口聚在一起互相整理毛发，这是再美好不过的事情。

阿特古是孤儿。在她一岁半的时候，母亲就去世了。此后，比她年长两岁的姐姐贝古一直在照顾她。她也有过一个哥哥，不过哥哥成年后便离开了家族，至今下落不明。贝古在迪鲁家族的雌性中排行第三，与阿特古一直十分要好。阿特古在幼儿时期曾经饱尝辛酸，所以她十分理解考克布的心情，决心像对待亲生孩子一样将考克布抚养长大。

在这个家族里，还有一只雌性狮尾狒，是库拉的女儿，名叫拉姆，八岁。她仰仗着母亲的威望，在雌狮尾狒中占据了第二的位置。她十分好强，也因为年轻，容易动怒。所以这些狮尾狒常常分成两组——库拉和拉姆一组，贝古和阿特古一组——互相梳理毛发。

基特鲁死去后，迪鲁家族成员的数量就成了十二只，包括四只成年雌性和七只幼崽。

迪鲁十分了解雌狮尾狒之间的关系，在和雌性交往时也很是注意。他和库拉在一起的时间最长，梳理毛发的次数也最为频繁。对于另外三只雌狮尾狒，他则是尽量做到不偏不倚，一视同仁。迪鲁性格温和，他的细心体贴将雌狮尾狒们很好地凝聚在了一起。

持续的无风状态似乎令空气停止了流动。这时，忽然传来一声悠远的长音，打破了四周空气的停滞与寂静。这是远处放牛少年的歌声。在这一带，海拔三千六百米是森林和草原的界限。一旦超过三千六百米，树木就无法生长了，高处就成了草原。草原气候寒冷，不适合农作物生长，所以人类就在森林界限以下结成村落，种植大麦。在高处的草原放牧牛羊则是少年的任务。牛羊吃草的时候，少年们通常一整日都无事可做，很是无聊，于是他们经常放声高歌来消磨时光。每当听到那个声音，考克布都觉得十分神奇。那样悠长舒缓的声音，到底是怎样发出来的呢？同时，他也觉得那是一种能够打动心灵的令人愉悦的声音。考克布侧耳倾听，沉醉其中。

德梅纳突然奔跑起来，考克布见状立刻也尾随其后奔跑起来。接着，就像拧开的水龙头一样，迪鲁家族的幼崽们纷纷从父母身边跑了出来，紧紧跟在考克布身后。

草原上有一处高达数米的悬崖，在悬崖下方，十几只幼崽正聚集在那里。采食青草或行进时，幼崽们通常会和家族的大人们一起行动。当整个群落进入稍长的休息期时，幼崽们则会离开父母聚集在一起，结成一个玩耍的团队。他们的玩伴也都是家族内的幼崽。群落的幼崽们便是这样相互熟识起来并成为十分要好的朋友。

幼崽成年后，家族中的雌性成员会加入其他家族，所以她们没必要同家族外的雌性狮尾狒玩耍。一个家族通常以雄性首领为中心凝聚在一起，家族之间很少发生争执，这是因为首领们从小时候起就互相认识，是关系要好的玩伴。从这一点来看，不同家族的幼崽聚在一起玩耍，对整个群落的团结十分重要。

草原的植物以禾本科植物为主，此外还有高达四米的类似棕榈的植物。这种植物的茎很粗，乍一看去就像一棵笔直站立的树。不过，它并不是树，而是一种名叫硕莲的草本植物，是桔梗的同类。日本的桔梗是盛开着紫色小花的可爱植物，而硕莲却是令人难以想象的巨大植物。

它的穗状花序就像许多直立的铅笔，有的甚至高一至三米，花谢之后植株便枯萎了。

硕莲是幼崽们玩耍的好去处。他们从地面"嗒嗒嗒"一口气爬上硕莲，再翻身跳回地面。幼崽们会一只接一只地重复这个动作，五六只幼崽依次不停地奔跑，就像一个轮子在旋转，这样的场景即便是在一旁观看也很有趣。如果不能和大家保持同样的步调，旋转的圆圈就会立刻阻塞，掉队的幼崽就会被后面的幼崽踢飞。

这项游戏结束后，幼崽们便会去悬崖上玩耍。利用悬崖上突出的岩石或凹陷处，幼崽们上蹿下跳，可以有无数的玩法。不过，这种游戏十分危险。如果没能跳上悬崖，挂在了岩石下面，瞬间就可能掉进深谷，稍有差池就会身受重伤，甚至把命都断送了。

然而，没有狮尾狒会犯这种愚蠢的错误。幼崽们刚出生的时候就在悬崖上玩耍，最初记住的是很简单的动作，渐渐地就掌握了复杂的本领。所有幼崽都像杂技演员一样动作娴熟，在悬崖上追逐嬉戏时跟在地面玩耍几

乎没什么两样。

狮尾狒长年居住在悬崖上,有时需要翻越一千多米的山崖,有时需要一口气爬上险峻的岩壁。他们必须像在平地上生活那样习惯悬崖上的生活,否则便无法生存下去。为此,他们从小就要通过在悬崖上玩耍来学习这种技能。悬崖不仅是狮尾狒幼崽们快乐玩耍的场地,还是训练基本生活技能的场所。

考克布最要好的玩伴是和他同岁的阿莱特家族的少女康娇。康娇长着一张圆脸和一双圆溜溜的可爱大眼睛,运动神经十分发达,无论是赛跑还是在岩石上玩耍,都和考克布不相上下。

　　一天，考克布和康娇还有两岁的狮尾狒少年特库拉在悬崖上玩耍嬉戏。他们利用山崖的凹陷和突起，四处跳跃追逐，一不小心就会坠落悬崖。不过，他们对这样的玩耍早已习以为常，三只小狮尾狒在岩石间跳来跳去，令人眼花缭乱。

　　趁着康娇稍事休息的时候，考克布向她跳了过去。两只小狮尾狒在一块稍稍平坦的岩石上滚来滚去，最后一起从岩石上滚了下去。紧要关头，两只小狮尾狒用手指抓住岩石，身体吊在了半空中。狮尾狒的爪子又长又尖，还很硬，就像锋利的刀刃。若是弯曲指尖，尖尖的爪子就会立起来插入岩石缝里，足以支撑起悬空的身体。

就在考克布想要用力爬上悬崖的时候，突然有狮尾狒抓着他的尾巴使劲往下拽了一下。

"克咿，克咿！"——别闹了，我要掉下去了——考克布皱着眉头大喊。特库拉这个家伙竟然违反游戏规则！考克布恼火地想。下一个瞬间，力气耗尽的考克布便头朝下栽了下去。

考克布的腰受到了强烈的撞击，一时间躺在地上动弹不得。他呻吟着向上看去，只见特库拉正一脸高兴地向下俯视。

"咽，咽，咽！"考克布嚷嚷道：竟敢给我使坏！你记好了，下次我一定把你推下去！

考克布十分窝火。一股怒气涌上他的心头，他想追赶特库拉却又站不起来。特库拉喜欢康娇，他看到考克布和康娇总是在一起开心地玩耍，于是就吃醋了。

特库拉得意扬扬地从高处跳下来，瞥了一眼考克布，便扬长而去了。康娇忧心忡忡地爬下悬崖，向考克布跑去。

库西鲁叔叔

埃塞俄比亚的高地位于赤道附近,这里并不像日本那样四季分明,一年只有雨季和旱季这两个季节。

虽说是雨季,不过并不像日本的梅雨季节那样,雨一整日下个不停。这里的雨就像傍晚的雷阵雨,哗地下起来,又忽地停住了。天气寒冷的时候,天上会下弹珠大小的冰雹,整片草地都被白色覆盖,草原瞬间呈现出冬天的景色。不过,太阳很快就会出来,冰雹会迅速融化,消失得无影无踪。

雨季结束后，草原会进入旱季。天上没有一丝云彩，每天都是晴空万里，青草都干枯而死了。这段日子对于狮尾狒而言是十分难熬的。

从三月到四月中旬是小雨季。随后，直到七月中旬都是小旱季。从七月中旬到九月中旬则是大雨季。大雨季结束后，就立刻进入大旱季。长时间的晴天把青草都晒得枯萎了，草原变成了茶褐色的原野。在旱季时水量充沛的山谷河川也变细了，上流渐渐干涸，最后整条河流的水都消失了。整整一年的时间，就是雨季和旱季的交替。

六月，小旱季即将结束时，青草枯萎，草原变成了茶褐色。乍一看去，整片草原都被枯草覆盖，不过在枯草中仍然混杂着青草。这片草原上生长着五种禾本科植物。其中，仅有两三厘米长的早熟禾和几厘米长的阿比西尼亚草是狮尾狒的主食。此外，还有长长的灯芯草，不过因为灯芯草的茎很硬，狮尾狒们并不喜欢。这种草生长的地方主要用作狮尾狒们的休息场地。

库西鲁坐在长满了阿比西尼亚草的草原上，正在采食青草。他用右手拨开草丛，弯曲着左手食指，抓住像铁丝一样硬的青草，用力一折，青草就像被剪刀剪断一样折断了。库西鲁重复着这个动作，在他的大拇指和食指之间就有青草积攒起来。等青草积攒到四十根左右的时候，他便一口吃掉。将一根根青草割下，积攒到一定数量放入口中——库西鲁需要不断重复这个动作直到填饱肚子为止，如此一来，采食就需要占到一天时间的百分之六七十。

库西鲁埋头割了一阵子草，便停下来稍事休息。他看了看周围，只见大家都在弯着腰拼命割草吃。他们坐着割草，然后一点一点用屁股蹭着地面前行。

库西鲁是一只十岁的成年雄性狮尾狒。他虽然是群落的一员，却一直是独来独往。他不属于任何一个家族，在群落里独自生活。这样的雄性狮尾狒被称作"自由雄性"，他们有时也会和雄性军团里的雄狮尾狒交往，不过平时总是形单影只。

对面，提拉家族的雄性首领和雌狮尾狒正在为对方梳理毛发，他们看起来十分恩爱。看着这幅亲密的场景，库西鲁心中涌上一股难以形容的孤独感。他的心仿佛变成了一个空洞，变得像旱季的草原一样干巴巴的。他突然强烈地想要满足这种饥渴的欲望。与此同时，他还是首领时的那段辉煌往昔浮现在他的脑海，就像做了一场梦。

库西鲁以前居住在另一块鞍马高地上，那时他是家族的首领。他和另外三只雌狮尾狒组成了一个小家族，库西鲁得到了所有雌性的喜爱，日子过得非常幸福。

然而，某一天，不幸降临了。攀登悬崖时，走在前面的雌狮尾狒蹬落了一块岩石，岩石正好砸在库西鲁的右手手指上，把他的食指砸断了。库西鲁不能用右手割草了。他努力试着用左手割草，可是效率太低了，每天只能采到身体所需的一半食物。库西鲁渐渐瘦弱下来。

群落里有雄性军团。这个集团由精力旺盛的青年狮尾狒组成，他们每天都在盘算着成为某个家族的首领，当然不会对库西鲁家族的情况视而不见。库西鲁遭到了雄性军团的攻击，他拖着衰弱的身体英勇战斗，可最终还是被打败了。他的家族被夺走了，他也失去了首领的地位。两年前，库西鲁加入了艾米艾特群落。

只要他老老实实地待着，不惹是生非，应该可以一直作为群落的一员生活下去。可是，在这段休养生息的日子里，库西鲁的体力完全恢复了，精力也渐渐充实起来，他渐渐无法忍受终日无所事事的生活了。

库西鲁又想当首领了，他想统率一个家族，想拥有臣服于他的雌性。可是他观察了群落的家族，发现每个首领都很强大，和雌性的关系也都很亲密。想要战胜首领并抢夺他的家族，似乎是不可能的事。

虽说当首领这件事可以放弃，但是每天孤零零地生活实在让库西鲁无法忍受。要是能和某个雌性一起恩爱地生活该多好——这个念头渐渐强烈起来。即使当不上首领，也有办法和雌性一起生活。不管用怎样的方法，只要能进入某个家族就好。

阿莱特家族就有个很好的例子。阿莱特家族里共有十四名成员，其中包括首领阿莱特和四只成年雌性。不过，除了阿莱特，还有一只成年雄性，是一只名叫贡奇的壮年雄性狮尾狒，他是第二雄性。他是仅次于首领之下的雄性，主要负责协助首领。因为他是正式的家族成员，而狮尾狒家族的戒备又十分森严，因此自由雄性库西鲁根本没有机会同他接触。所以库西鲁无从知晓贡奇的过去，以及他是怎样获得第二雄性的地位的。我也有过贡奇这样的生活方式啊——库西鲁最近常常这样想。

库西鲁把脸扭到一旁，打了个很大的哈欠，他那长长的锐利的牙齿像水晶一样闪了一下。一只鸶在蓝天上盘旋，库西鲁也曾向往过独自在天空飞翔的鸶。可是，现在不同了。库西鲁站起来，向远处的岩石背阴处走去。他口渴得厉害，那块阴凉处有清澈的泉水涌出。

旱季快结束了，只有少量泉水从岩石里渗出来。若是将岩石下方聚积的泉水都喝光了，便只能张开嘴去喝从岩石上落下来的水滴。泉水边上已经有狮尾狒先到了，考克布正将嘴对在岩石上喝水。

草丛动了一下，一个茶褐色的身影忽隐忽现，很快，特库拉的脸从草丛里露出来了。他是来喝水的。考克布瞥了特库拉一眼，可是他还没有喝够，便仍旧抱着岩石不肯放手。狮尾狒性情温和，若是看到同类在饮水，一般会在一旁等待，直到对方喝完。可是，特库拉却等不及了，使劲拽了拽考克布的尾巴。

"这个家伙又来捣乱！"考克布生气了，跳下来一口咬住了特库拉的手。特库拉疼得嗷嗷直叫，但却没有退缩，和考克布扭打起来，两只小狮尾狒撕扭在一起。不过，考克布在力气上毕竟抵不过年长一岁的特库拉，他被特库拉压倒在地，脖子被特库拉那锋利的牙齿咬住了。

完了——就在考克布彻底绝望的时候，特库拉的身体突然飞出去了，考克布顿时感觉身上轻松了。他被拎了起来，面前出现了库西鲁的大脸。刚才是库西鲁跑过来把特库拉推开了。

"呜咿，呜咿，呜咿……"考克布一边看着库西鲁一边叫道：谢谢！要不是叔叔你赶过来，我就没命了。

库西鲁高兴地发出了一声"咕——"的叫声，随后便为考克布梳理起毛发来。考克布本应该为库西鲁梳理毛发表示感谢，可是他太累了。刚才他用尽全身力气和特库拉搏斗，已经疲惫不堪，就连发出感谢的叫声也已经是使出了吃奶的力气。

库西鲁并不是因为同情遭到欺负的考克布才出手相救，实际上他另有企图。自从下定决心要加入一个家族，库西鲁便一直在细心地观察各个狮尾狒家族的情况。最后，库西鲁锁定了迪鲁家族。

首领们的个性都很强，不过迪鲁的个性最为稳重温和。除了这个重要的原因，阿特古的存在则是更引人注目的因素。阿特古遭到雌性首领库拉的嫌弃，而且因为她是孤儿出身，所以和家族的其他成员有些疏远，休息时也总是选择稍稍远离大家的地方。

除此之外，更大的原因是考克布的存在。孩子们可以离开家族自由行动，而且他们还不知害怕为何物。所以，库西鲁打算先和考克布做朋友，然后再通过他接近阿特古，和阿特古亲近起来。如果这一步成功了，他就有可能被迪鲁家族接受。这就是库西鲁的计划。

库西鲁心中这样想着，随时随地都在寻找机会。就在这时，他撞上了考克布被特库拉欺负的场面，这对他来说是天赐的机会。他救下考克布，为他梳理毛发并鼓励他。库西鲁觉得这样做会拉近自己和这个小家伙的距离。

这件事过后，考克布动不动就跑去找库西鲁叔叔。库西鲁叔叔十分和善。只要考克布来玩耍，他会立刻为考克布梳理毛发。有时考克布想要抢在他行动之前为他梳理毛发，便慌慌张张地抱着库西鲁的大脚梳理起毛发来。可是库西鲁会立刻用双手把考克布的身体转过来，为他梳理肚子上的毛发。梳理腋下和腹部的毛发时通常会很舒服，考克布有时会仰面朝天摊开双手，身体呈"大"字，不知不觉就睡着了。

渐渐地，库西鲁和阿特古一家越走越近。阿特古一家互相梳理毛发休息的时候，库西鲁会在十米开外的地方坐下，轻轻发出"咕哇"的叫声，向他们打招呼。这时考克布便会兴高采烈地奔向库西鲁，德梅纳也会跟过来。考克布像往常一样仰面朝天躺下，等着库西鲁为他梳理毛发。可是库西鲁对考克布置之不理，却热心地给德梅纳梳理起毛发来。库西鲁在极力讨好德梅纳，想要和他建立起亲密的关系。考克布觉得十分无聊，挥舞着手和脚催促库西鲁，无奈库西鲁仍旧对他视而不见，他只好开始梳理库西鲁后背的毛发。

这件事过后，库西鲁完全和阿特古的孩子们打成了一片。于是有一天，他毅然决然地凑到阿特古身边。

阿特古伸直身体，瞪大双眼，一脸惊讶地盯着库西鲁。库西鲁做出了一个大胆的举动，他为阿特古梳理起肩上的毛发来。阿特古瞥了一眼对面的迪鲁，扭曲的嘴巴微微张开，脸上露出恐惧的神情，横躺了下来。库西鲁终于成功地为阿特古梳理了毛发。

可惜好景不长，迪鲁感觉到了，他每时每刻都在关注着雌性们的动向。库西鲁凑到阿特古身边这件事，他早就注意到了，可是他没想到库西鲁竟敢做出为阿特古梳理毛发的狂妄举动。迪鲁怒火中烧，"咕嗷"地吼了一声，便冲向阿特古。

库西鲁心想糟了！他迅速收回双手坐在原地，将上嘴唇向外卷起，露出上牙床，哭丧着脸。这个表情的意思是：对不起！我做了不该做的事！

迪鲁立起两道白眉，显出愤怒的表情，"咕嗷！咕嗷"地咆哮着——最好别做蠢事！这是我的女人！

"看来是我心急了，这下把迪鲁给惹怒了。"库西鲁心想，他垂头丧气地走了。迪鲁冲着阿特古"咕嗷"叫了一声，嗒嗒嗒地冲过去，做出要攻击她的样子。迪鲁觉得有必要教训她一下。阿特古匍匐在地，"嘎——嘎——"地拼命叫着，反抗着：他只不过是给我梳理了一下毛发，干吗生这么大的气啊！

迪鲁斥责了一会儿，突然又转变了态度，砰地坐了下来，发出一串奇怪的声音："咕噜咕噜噜，呜呢啊——呜呢啊——嗯嘎嘎嘎……"随后他伸出右手，劝慰阿特古：我知道了。我再不会发火了，消消气儿吧。

狮尾狒的首领总是费尽心思，以便笼络住家族雌性的心。若是阿拉伯狒狒，一旦雌性离开自己，雄性会立刻追上去并非常严厉地斥责。他们会凶恶地发动攻击，咬住雌性的脖颈，狠狠教训她们一顿。然而，狮尾狒的首领绝不会采用如此激烈的发怒方式。为了表示惩戒，他们会稍加斥责，随后就会发出一连串含义复杂的叫声来抚慰雌性。

迪鲁掉转身，大踏步地走开了。阿特古虽然反抗了一小会儿，可内心终究觉得自己做得不妥，多少有些自责，现在既然迪鲁原谅了她，她也就顺水推舟，跟在迪

鲁身后走了。

到了第五天，库西鲁再次接近阿特古。迪鲁立刻就察觉了，连忙跑过来阻止，他的额头上又露出了白眉。

考克布看到后不假思索地飞奔了过去。"我得去救库西鲁叔叔！"这个强烈的念头让他做出了鲁莽的举动。

考克布一下跳到愤怒的迪鲁和害怕得瑟瑟发抖的库西鲁之间，在迪鲁面前跑来跑去，使出全身的力气，"嘎——嘎——"地叫着。他上蹿下跳，又长又细的尾巴随着身体的晃动左右摇摆，龇着白牙，不停地大声喊叫。考克布被愤怒的迪鲁一把推开，甚至差点儿被迪鲁咬伤。毫无经验的考克布并不知道，反抗首领会带来怎样的后果。

阿特古和库西鲁自然十分担心，不过反倒是迪鲁更加吃惊和困惑。幼崽很少会如此强烈地反抗首领，而且关键是他不明白考克布为什么会生气和反抗。无论在何种情况下都要保护幼崽——这是首领的职责，况且迪鲁完全没想过去欺负一个可怜的孩子。在这种情形下，就应该像个首领那样优雅尊贵地离开。迪鲁狠狠瞪了库西鲁和阿特古一眼，迅速掉转身，扬长而去。

这样的事情发生了好几次，阿特古终于开始主动接受库西鲁的好意了。迪鲁也发现库西鲁的实力不足以威胁到自己的地位，便默认了阿特古和库西鲁的关系。终于，有一天，发生了一件决定性的事件。

群落里的狮尾狒们有的在吃草，有的在休息，一派悠然自得的样子。库西鲁一边走一边寻找阿特古，当他转过岩石背阴处时，突然被眼前的情景惊呆了。阿特古正在给迪鲁梳理毛发。

这样的情景早已司空见惯了，阿特古给首领迪鲁梳理毛发本就是理所当然的。可是，库西鲁在没有任何思想准备的情况下突然目睹了两人的恩爱情景，就如同一头撞在了岩石上，遭受了巨大的打击，他不禁发出了一声怒嗥："咕嗷！"

迪鲁立刻接受了库西鲁的挑战，迅速站起身来，嗒嗒嗒地向库西鲁猛冲过去。因为事出突然，库西鲁甚至来不及打招呼就不假思索地拂开了迪鲁的手，他完全没有反抗迪鲁的意思。迪鲁刚刚才允许他为阿特古梳理毛发。他的这个举动是多么愚蠢啊，这下之前辛辛苦苦积攒的努力很有可能就付诸东流了。

库西鲁没有时间后悔。迪鲁真的动怒了，朝库西鲁猛冲过来。库西鲁飞快地逃开了，可是迪鲁一边怒吼着一边追了上去。

库西鲁看到自己终究躲不过这一劫，便停下脚步，把屁股朝向迪鲁。这个举动意味着："对不起！我道歉！"迪鲁停止了嗥叫，靠近库西鲁，嗖地一下跳上了他的屁股。库西鲁没有出声，脸上做出一副哭相。

这是一种叫作"爬跨行为"的投降仪式，库西鲁由此获得了原谅。这一行为在灵长类动物中十分常见，不过随后发生的事却是在其他猴子那里见不到的奇特景象：迪鲁为库西鲁梳理起毛发来。

库西鲁被迪鲁这一突如其来的举动惊呆了，他一动也不敢动，手脚仍然保持着僵直的姿势。被同类梳理毛发时，狮尾狒们通常会横躺下来，采取一个放松的姿势。可是，现在库西鲁却做不到，他的身体因为紧张而变得僵直，手脚就像冻住了似的直挺挺的。

迪鲁坐了下来，不慌不忙地为库西鲁梳理起肩上的毛发来。这样做彰显出他作为首领的从容与宽大，而他似乎也沉浸在这种做法带来的快感之中。与迪鲁相反，库西鲁接连两次翻起上唇，这个举动的意思是：实在不敢当！从现在起，我便是您的奴仆了。

迪鲁很快结束了为库西鲁梳理毛发的举动，然后在草地上横躺下来。库西鲁嚅动着嘴巴，手指上下翻飞，拼命为迪鲁梳理起毛发来。

考克布因为担心库西鲁便跟了过来，看到这番场景，他便跑过来梳理起了迪鲁尾尖上蓬松的毛发。

这件事过后，库西鲁彻底变成了家族的一员。迪鲁通过爬跨行为确立了自己的优势地位，然后又通过梳理毛发这个举动温柔地告诉库西鲁：你已经可以成为这个家族的成员了。

库西鲁终于能够光明正大地和阿特古一家维持亲密

的关系了。他终于可以和阿特古一起行动,互相为对方梳理毛发,再也不用介意别人的眼光。不过,库西鲁虽然是家族的一员,却不得不遵守一个规定:在所有雌性里,他只能和阿特古亲近并互相梳理毛发。只要库西鲁接近库拉或贝古,她们便会躲开他。如果他仍旧追着不放,迪鲁就会发火。于是,库西鲁也就彻底断了向阿特古之外的雌性示好的念头,铁了心和阿特古一家玩耍生活,最终变成了一个好叔叔。

环颈斑鸠

勇猛的雄性军团

九月中旬以后,大旱季到来了,每天都是晴空万里。草原上的草因为连日来的暴晒渐渐枯萎了,在雨季时满眼绿色的草原也变成了茶褐色。

到了十月,考克布已经长到两岁半了。他已完全融入了阿特古家,将阿特古当成了亲生母亲。阿特古也把考克布当作亲生孩子那样疼爱。年长他两岁的哥哥德梅纳有时会离开家族,到雄性军团那里去玩耍。

在艾米艾特群落中,四只雄性狮尾狒成立了雄性军团。他们都是正处于青年期的雄性，最有实力的是九岁的吉布。

雄性狮尾狒在幼年时期完全隶属于家族，不过等长到五岁，即将进入青年期时，他们便会渐渐脱离家族，开始过起独立的生活。

这些狮尾狒大多进入了雄性军团，不过也有一些狮尾狒没有成为雄性军团的成员，而是做了群落里的"自由人"，独自生活。"自由人"和雄性军团相处融洽，和上了年纪的自由雄性（这类狮尾狒被称作"长老自由人"，在这个群落中，耐奇就是这样的狮尾狒）关系也很密切。

年轻的"自由人"被称作"少年自由人"，有的"少年自由人"会暂时在群落里生活一阵，等哪天想加入雄性军团了就会参加进去。有的则会突然离开群落，独自去旅行，然后会加入另外的群落。

雄性军团大都比较团结，总是一起行动。

就这样，雄性们一旦迎来青年期，就会面临一个很大的烦恼，那就是如何开创自己的未来。独立的方向有三种：加入雄性军团、成为"自由人"、离开群落去流浪。雄性们一定会选择其中一条路，不过选择哪条路是自由的。而且，即便是做出了选择，中途也可以自由变更。他们可以先做一阵子"少年自由人"，然后再加入雄性军团；或者先进入雄性军团，等到厌倦了那里的生活再出去流浪。雄性狮尾狒可以选择自己喜欢的路。

虽然选择会带来不小的烦恼，不过自由自在地度过青春岁月是狮尾狒的特权，这在整个猿猴类中都算是十分优越的。以日本猴为例，雄性一旦进入青年期，必须要离开群落成为"独猴"，等找到合适的群落后再加入，再次成为群落的成员。对日本猴而言，只有这一条路可走。如果是黑猩猩，即便雄性成长为青年，也就是成年后，他们也只能留在自己的群落里度过无聊的一生。

德梅纳已经四岁了，他开始困惑将来该走哪条路。青春期的烦恼总是很多，德梅纳有时会和雄性军团的年轻人交往，有时会和"长老自由人"耐奇一起玩耍，有时又会百无聊赖地在群落里转来转去。不过，他活动的中心始终是迪鲁家族，是阿特古一家。无论白天去哪里游荡，到了晚上都会回到阿特古家，和家人一起睡觉。

姐姐乌哈已经六岁了。雌性与雄性不同，即便长大成人也要留在家族里。雌性是一个家族能够维系下去的核心存在。已经进入青年期的乌哈和迪鲁交配了，不久后她就会生下小宝宝。到那时，她就要离开母亲阿特古，拥有自己的家庭。

雄性军团是个奇怪的团体。它既发挥了亲切的好兄长的作用，有时又是一个特别可怕的存在。而且它并非总是和群落一起行动，有时会一连四五天消失了踪影。他们究竟在什么地方，做了什么事呢？这些考克布都不清楚。

年轻的雄性们往往会在早晨聚在一起威胁某个家族。阿莱特和提拉这两个家族常常成为他们的目标。提拉家族只有七名成员，其中包括两只雌性，这样的小家族很容易成为雄性军团的目标。这时，雄性首领会与雄性军团正面对峙，一场大骚乱爆发。可是，骚乱很快就会平息，一切又恢复常态，仿佛什么事也没发生过。

这就像是某种早晨的仪式，年轻雄性们和首领那英勇雄壮的身影令考克布深深陶醉。"等我长大了，也要像他们一样英勇地搏斗一场！"考克布胸中充满无限憧憬。但是，如果在现实中被雄性军团威胁过一次，就会明白这绝不是一件简单的事。

迪鲁是个性格沉稳温和的首领，不过他体格魁梧，蓬松的毛发像斗篷一样盖在肩上，再加上一脸气派的胡须，的确是一只威风凛凛的壮年雄性。对于雄性军团的挑衅，他也是毅然迎战，浑身散发着令人不敢靠近的威严。

雄性军团的头目吉布，一直都想挑战迪鲁。雄性军团是候补首领，任何一只离开家族的雄性，早晚有一天都会想要登上首领的位置。对家族进行威胁或挑衅并不是游戏，而是在试探这个家族的首领究竟有多强的实力。如果首领的力量在自己之下，年轻雄性就会立刻袭击并夺取家族，成为家族的新首领。

迪鲁接受库西鲁这件事没有逃过吉布的眼睛。如果迪鲁精力十分旺盛，浑身都是力气，那么他对于雌性们应该有很强的独占欲。可是他现在却容忍库西鲁做第二雄性，这不恰恰说明迪鲁的力量已经衰弱了吗？

沐浴着清晨的阳光，狮尾狒群正在采食青草。因为正是早餐时间，狮尾狒们都在拼命地采摘青草。两只眼睛周围有一圈红色羽毛的环颈斑鸠正在啄土。这是一幅多么悠闲的风景啊！

雄性军团昨天晚上在群落附近过的夜。吉布带着三只年轻雄性，径直奔向迪鲁家族，在距离迪鲁家族十几米远的地方吃起草来。吉布翻着眼珠观察着迪鲁的情况，慢慢蹭着向前靠近。

迪鲁觉察出雄性军团的态度和往常有所不同，顿时紧张起来。他连续发出"呜咿呜咿"的声音，将雌性们都召集到自己身边，不让她们走得太过分散。吉布是个狡猾的家伙，一旦给他可乘之机，他很有可能会把雌性抓走。

雄性军团一直走到距离迪鲁家族两三米远的地方。他们一边吃着草，装出一副天下太平的样子，一边渐渐向迪鲁逼近。

沉重得令人窒息的空气压迫着迪鲁家族。考克布心中惴惴不安，紧紧贴着库西鲁。一种未知的恐惧向迪鲁家族袭来，大家不知道会发生什么事，孩子们紧紧抱着母亲，不安地四处张望。

迪鲁极度兴奋，在家族的四周快步走着。突然，贝古的女儿贝加仿佛被吉布的声音控制了似的，摇摇晃晃地向吉布走去。五岁的贝加即将过完青春期，这个年龄的雌性内心很不稳定，动辄就会被年轻雄性或其他家族的雄性首领所吸引。

迪鲁迅速跳起来，用手按住贝加，想要把她带回去。吉布愤怒了，向迪鲁咆哮起来。贝加跑回了母亲贝古身边，兴奋的年轻雄性们都停止了进食，匍匐在地上发出阵阵威吓的低吼声，和迪鲁正面对峙上了。

迪鲁面对雄性军团叉开双脚站稳，立起白眉，露出愤怒的表情，突然"咕哇"地大叫一声，冲进了雄性军团。

雄性们被迪鲁那骇人的气势震慑住了，不由得向后退了几步。就在他们重新站好准备发动攻击的时候，迪鲁刹那间用全速穿过了雄性军团。

仿佛绝了堤的洪水，以吉布为首的雄性军团一齐发出震耳欲聋的咆哮声，随即追赶而去。库西鲁也立刻发出威吓的大叫，追过去了。

迪鲁和雄性军团的四只雄性在群落中一路怒号着奔跑，那叫声仿佛是为了驱散挡在前面的狮尾狒。另外两个家族的首领阿莱特和阿法也大叫着追了上去。

库西鲁追了没多远就迅速转过身，返回了迪鲁家族。他哈哈地大口喘着气,来到阿特古面前坐下来,叫道:"呜咿,呜咿,嗯呢昂呢啊,嗯呢昂——",意思是:大家都到这边来!有我在没事的。

库拉一家、拉姆一家和贝古一家都迅速集中到库西鲁周围。在迪鲁战斗的时候,库西鲁履行起了守护家族的职责。库西鲁目光炯炯,挺起胸脯,眺望着迪鲁他们奔跑的方向。考克布觉得库西鲁那凛然的身影无比可靠。

迪鲁和四只年轻雄性一边大吼一边奔跑。阿莱特和阿法中途便返回去守护自己的家族了。吉布跑得很快,跑出一百米左右的时候就追上了迪鲁。迪鲁嗒嗒嗒地爬上面前的一棵硕莲,双脚一蹬,嗖地横飞出去,从吉布的头顶飞了过去,落地后便一溜烟地往自己家族的方向跑去。

雄性军团放弃了追赶迪鲁,他们聚集在硕莲的"树"荫下,开始梳理毛发。他们热心地为同伴梳理着毛发,仿佛刚才什么事也没发生。一阵风吹来,硕莲的叶子啪啪地响着,年轻雄性们身上的毛发泛起了层层白浪。

迪鲁快跑到阿特古她们身边时放慢了速度,他摇晃着尾尖蓬松的长长的尾巴,回到了自己的家族。尽管兴奋已经退去,但他仍旧有些气喘。他在库拉面前横躺下来。库拉殷勤地为迪鲁梳理着毛发,来慰劳这位英勇战斗归来的勇士。

年轻雄性们都梦想着有朝一日能够当上首领。可是仅凭一己之力无法与首领对抗，所以他们就组成团队，采取了集体作战的战术。不过即便是突然对首领发动进攻，如果对方实力很强，他们也只能徒劳一场。所以有必要事先判断一下对方的实力，今天早晨的战斗即如此。

雄性军团从一开始就没打算真的战斗。他们先是通过施加威吓，观察首领和家族雌性的反应。这个时候能看出首领是怎样将雌性凝聚起来的，也可以看出雌性们对首领的信赖和依靠程度如何。

关于这一点，首领也是心知肚明，绝对不能向他们示弱。他必须用充沛的精力挡住年轻雄性们的进攻，并且安抚好雌性们。有的雌性有可能会经受不住年轻雄性的诱惑，所以首领决不能掉以轻心。有时他们会互相恫吓一番就各自散去，不过要是遇上年轻雄性咄咄逼人，首领必须展现出强硬的姿态。

为了展示首领的威严和强悍，同时也是为了让那些恼人的年轻雄性远离自己心爱的雌性，首领的态度必须坚决。迪鲁先发制人，抢先发动攻击，让年轻雄性们兴奋起来，等他们开始进攻时，他便径直朝着雌性们所在位置的反方向跑去。兴奋的雄性军团自然会追赶首领。然后，等看到他们的兴奋劲儿有些冷却了，首领再迅速甩下他们，返回家族。

雄性军团的目的是试探首领的实力，目标既然已经

达成，他们自然会停下来休息，忙着梳理毛发。这可以说是一场首领和这些年轻雄性"首领见习生"之间的模拟战争，或者说是仪式性交战。

　　雄性军团梳理了一阵毛发，打发了无聊的时光，然后便若无其事地返回了家族聚集地的附近，吃起草来。这意味着：早晨的仪式结束了，今天就让我们好好相处吧！刚才明明发动了一场那么凶恶的进攻，现在怎么能够像没事人似的和大家相处呢？——考克布觉得难以置信。

百合的球状根

群落会合

十二月，旱季仍在继续。草原变成了一片茶褐色，到处都是不见绿色的荒野。狮尾狒们搜寻着埋在禾本科枯草中的少量青草，一棵一棵地采摘着前行。地面上生长着类似紫云英的草，它的叶子像麦粒那样小。在这个季节，狮尾狒们经常吃这种类似于紫云英的草。

狮尾狒最爱的食物之一，是百合的球状根，露在地上几厘米长的干枯的茎是找到这种食物的标记。只要挖掘那里，就会找到小小的球根。球根有两种，小的有三

根火柴头凑在一起那么大,即便是大的也只有小指指尖那么大。球根的味道略带甘甜,十分可口。

狮尾狒通常会挖球根来吃。虽说是挖,可是干透的大地十分坚硬,即便是人类拿工具来,也很难挖得动。不过,狮尾狒却拥有锋利的"铲子",那就是他们那仿佛钢铁制成的坚硬利爪。

因为他们生活在悬崖上,所以不得不频繁地在岩壁上攀上爬下。为了适应这样的生活,狒狒们便进化出了一双锋利坚硬的爪子。有了这双爪子,他们就像有了一副小小的登山杖。他们就是用这双利爪挖掘地面的。

狮尾狒们会伸直手掌,再将手垂直用力砸向大地。

他们像活塞一样迅速地重复这个动作，地面泥土会松动，地面会被挖开。考克布也学着大家的样子，努力挖掘着球根。这项工作十分费力气，可是获得的回报却很小。实际挖到的球根都很小，不过若是把它放到嘴中咯吱一咬，那味道真是说不出的好吃。

"咚咚，咚咚"，草原上回荡着有节奏的声音，声音中还夹杂着"嗷，嗷，咕嗷"的呼叫声。迪鲁等体格巨大的成年雄性发现有一处地方的土崩裂了，正在试图把土块掀起来。他们用两手扒住土块，腰腿站稳，身子用力向后一挺，土块翻起，球根出现了。这样做效率很高，不过没有力气是做不来的。考克布也试着模仿他们，可是土块却不是那么容易就能翻起来的。他放弃了，仍旧用爪子拼命地刨土。

在旱季，狮尾狒们刨完球根之后的痕迹，就像耕完田之后的样子。挖掘出来的黑色泥土像斑点一样点缀在茶褐色的草原上，这幅光景被称作狮尾狒走廊，是旱季特有的风景。

狮尾狒们兴致勃勃地挖了一会儿球根之后，整个群落又开始割草吃了。天空没有一丝云彩，像蓝宝石般透明澄澈，太阳仿佛一个巨大的银盘，发出灿烂的光芒。没有风的时候，日光直射在身上，有时身体会像火烧似的滚烫。这时狮尾狒就会想：要是有风该多好啊！可若是风吹起毛发触碰到皮肤，身体又会被冻得生疼。

阿莱特家族加快了脚步，开始向西方移动。其他家族像是受到影响似的都开始行动了。往常都是走一阵子就停下来割草，可今天却不同，没有人发号施令，也没有人领导。群落快步向着西方移动着。

爬下一座巨大的山崖，眼前出现了一片硕莲的森林。穿过森林，走过一片暴露着岩石的丘陵，便是一片大草原一直延伸向远方。那是一片茶褐色的草原，上面突兀地立着一棵棵孤零零的硕莲。有一只鸳停在一棵枯萎的硕莲上，环视四周。在旱季，老鼠们常常躲在土中不肯出来，因此对鸳来说，要想抓到食物也很辛苦。

"这是要去哪里呢，走得这么急？"考克布很是费解。群落有时会以很快的速度移动，可那是为了寻找食物，最远也不过走几百米。但是现在却不一样。

群落横穿过大草原，来到了一个斜坡前，从这里往西的区域，他们以前从没有去过。考克布渐渐不安起来，他回头看看库西鲁，库西鲁正迈着矫健的步伐，从容不迫地走着。于是考克布心中镇静了许多，来到库西鲁身旁和他并肩前进起来。

翻过山坡，突然传来一声大叫："呜呀——"只见对面斜坡上有几个褐色的身影向这边跑来，是卡达群落的年轻雄性发出了欢迎的叫声并迎接他们来了。

卡达群落住在艾米艾特山西侧的卡达山上，是一个由一百五十只狮尾狒组成的大群落。他们有时会来艾米艾特群落的领地玩耍，所以他们中的很多面孔考克布并不陌生。

狮尾狒的群落平时都在固定的处所生活。艾米艾特群落生活的区域通常是东起艾米艾特山顶，西至大草原边缘的两千米左右的草地，以及北侧的悬崖。

猴类动物一般会把群落居住的区域当作自己的地盘来守护，这是因为他们必须长年确保生存所必需的食物。所谓地盘，相当于在这片土地上对外宣称："这里是我们的领地，外人不得进入。要是闯了进来，我们会毫不客气地把他轰走！"划分地盘后，群落在各自的地盘上分开居住，是避免无谓争吵、求得和平共处的合理方法。黑猩猩和日本猴的群落都有这种地盘划分制度。

然而，有趣的是，狮尾狒拥有家族聚集形成群落的多层社会，并且不划分地盘。猴类动物中只有狮尾狒才具有这种特征。

卡达群落是艾米艾特群落西侧的邻居，两个群落关系很融洽，从没发生过吵架和反抗行为。这在其他猴类动物中或许是难以想象的，狮尾狒并不存在群落之间的对立，他们创造了一个和平的社会。

通常是卡达群落来到艾米艾特群落的领地玩耍，看来今天与往常相反，是艾米艾特群落外出了。这对考克布来说是前所未有的经历，他感到很不可思议。

这里和考克布居住的地方很不一样。缓缓的丘陵像波涛一样绵延不绝。海拔最高的卡达山高约三千七百五十九米，不过因为整体地形都很高，卡达山就像是一座微微突出来的山丘。两个群落在卡达山北面的悬崖过了夜。

艾米艾特群落在这里生活了三天后，两个群落便一起动身，花了一整天的时间前往艾米艾特群落的领地了。

两天后，发生了一件令考克布意想不到的事，住在达尚峰的大群落翻越山谷来到了艾米艾特台地。

艾米艾特台地的南面有一条浅浅的溪谷，雨季时水会溢出来，水流汇聚流向下游。下游河水最终会流入青尼罗河，因此这个山谷也是青尼罗河的源流之一。

津巴河的对面是达尚峰。长长的山脊从西面蜿蜒向东，最东端的顶峰高达四千零六十三米。山峰的东北部是陡峭的断崖，仿佛通向地狱的无底深渊。一个由三百五十只狮狒组成的超大型群落就居住在这里。这个超大群落渡过津巴河谷，来到了艾米艾特山。

若是和那个超大型群落相遇的话会怎样呢？一旦发生争执，他们寡不敌众，肯定会败下阵来。就算不吵架，也一定会被这个巨大的群落所吞噬，在心理上变得畏畏缩缩吧。

达尚峰的大群落渐渐靠近了。艾米艾特群落中的几只狮尾狒大叫起来，这是表示欢迎的叫声。达尚群落的狮尾狒们互相打着招呼，吵吵嚷嚷地向两个群落靠近。转眼间，他们便和艾米艾特群落、卡达群落会合了。

现在三个群落会合了。将近六百只狮尾狒组成的超大型狮尾狒群在草原上分散开来，开始采食青草。这是多么壮观的场景啊！考克布兴奋不已，和哥哥德梅纳跑来跑去。

令人高兴的是，这个会合的群落正向着津巴河的南面斜坡走去。艾米艾特群落从没有单独去过那里，因此那里生长着许多没被动过的青草、类紫云英植物和百合球根。

狮尾狒生性谨慎，总是在悬崖周边活动。他们在悬崖过夜的习性也是为了躲避敌人，即便遭到人类和狗的攻击，只要逃到悬崖上就绝对安全了。所以，采食的时候他们也不会离开悬崖很远，随时做好逃回悬崖的准备。

可是，三个群落会合之后，惯常的采食区域的食物已经不能满足狮尾狒们的需求了。所以，他们只好前往平时绝不涉足的未开拓地区。况且，如此多的狮尾狒聚集在一起，很容易发现敌人，因此也就便于预防危险。拿枪的人类另当别论，如果遇上狗，雄性首领和那些身强力壮的雄性就能够合力将它赶跑。所以群落会合后就能够前往平时不去的远离山崖的草地。

考克布以前常常不甘心地想：顺着南面的斜坡往下走明明有那么多动都没动过的青草，为什么大家就是不去那里呢？现在他的愿望实现了，高兴得不得了。不过，他的喜悦并没有持续多久。两天后，达尚峰的大群落和卡达群落都返回了各自的领地。

遍布整个草原的大群落的喊喊喳喳声散去了，艾米艾特领地内突然寂静了下来。然而，这里却也并没有恢复原本的宁静祥和，达尚群落的十一只强大的雄性组成的雄性军团留了下来。

达尚群落中有三个雄性军团。其中由六只雄性组成的小军团时常在艾米艾特群落出现，考克布对他们并不陌生。不过，考克布却是第一次和十一只雄性组成的军团接触。

军团的首领阿扎伊活像一个山大王，中等体格，浑身都是结实的肌肉，精悍的体态举止中有时会流露出凶残的一面。

阿扎伊军团虽然接近群落，却总是和群落保持着一定的距离。他们采食青草，并且互相梳理毛发。他们并没有直接威胁群落里的家族，不过那种绷得紧紧的紧张感酝酿出一种令人窒息的氛围。

艾米艾特群落的雄性军团——吉布军团，和阿扎伊军团之间并没有对抗关系。虽然两个军团看上去都是一副若无其事的样子，其实真正的心情恐怕是犹疑不决，不知怎样做才好吧。

突然吹来一阵狂风。坐在岩石上的吉布毛发被吹乱了，肩上的斗篷状长毛和后背的长毛随风飘动，下面生长的灰白色软毛在日光下闪闪发光。吉布坐在岩石上任由风吹了一会儿。突然，他像是下定了决心似的，向阿扎伊军团走了过去。

吉布将屁股对向阿扎伊，阿扎伊轻轻跳了上去。然后轮到吉布了，吉布也采取了同样的爬跨行为。这次的爬跨行为并非表示优劣关系，而是相互致敬的行为。

吉布从阿扎伊背上跳下来后，阿扎伊给他梳理了毛发。随后，吉布立刻也热情地为阿扎伊梳理了毛发。他们就这样互换着为对方梳理了好几次毛发。

雄性军团的紧张关系解除了，他们渐渐地能够走近对方。考克布一开始十分担心。即便是只有吉布军团的时候，如果他们真的发动攻击，说不定群落的哪个首领就会被打败。而现在变成了两个雄性军团，若是他们联手发动进攻，群落恐怕就要毁灭了。考克布尽量挨着阿特古和库西鲁，随时准备应对不测。

然而考克布的担心是多余的，阿扎伊军团并没有向哪个家族发起威胁。他们似乎只是在仔细地观察艾米艾特群落的情况：这个群落里都有怎样的首领、家族是否团结、吉布军团和群落的关系如何，等等。看样子，他们只是来搜集情报的。

五天后，阿扎伊军团横穿过津巴河谷，回达尚峰去了。

黑白兀鹫

死亡和兀鹫

阿特古生小宝宝了。虽然没有血缘关系，可对考克布来说，他就像亲生弟弟一样。阿特古紧紧抱着小崽儿给他喂奶，或许是因为奶水不够，小崽儿发出柔弱的叫声索要奶水。考克布看得高兴，摸了摸小崽儿。小崽儿用细细的小手紧紧抓住妈妈的胸口，一双黑黑的眼珠却盯着考克布。

阿特古十分忙碌。一月的草原彻底干枯了，狮尾狒们甚至不知道该去哪里寻找青草。阿特古在这片枯草中搜寻着青草，挖掘出百合球根，并把它们吃掉。不管她怎样努力，也很难采食到能产出足够奶水的青草。

第二天，考克布去给小崽儿梳理毛发，却发现小崽儿瘫软在母亲怀里，一副筋疲力尽的样子。考克布给他梳理毛发，他那无力松弛的身体却一动不动，眼睛紧闭着。小崽儿死了。

阿特古抱着小崽儿的尸体摘草、移动。休息时她习惯性地为小崽儿梳理毛发，不过立刻就停下了。她挤了挤乳房，乳房胀得难受，可是现在已经没有小崽儿喝奶了。她只觉得心中无限悲痛。

第三天，阿特古把小崽儿扔到了蓑衣草草丛里。她有些留恋地回头张望了一会儿，最终还是狠下心，大步离开了。

大风呼呼地刮着，长长的蓑衣草像波涛一样不断起伏。考克布有些不解地看着阿特古，为什么要扔掉他呢？考克布朝那具横躺在蓑衣草丛中的小崽儿尸体跑了过去。小崽儿闭着眼，瘦弱的身体横卧在地上。

一股刺鼻的臭味袭来。考克布呆呆地看了一会儿，然后小心翼翼地向小崽儿靠近。他试着用手指碰了碰小崽儿，可是小崽儿一动也不动。考克布闻了闻手指，味道特别臭。母亲是因为讨厌小崽儿身上的臭味才把他扔掉的吗？

乌哈、德梅纳以及两只幼崽聚集过来了，大家都好奇地探着身子，盯着那具埋在草丛里的小崽儿尸体。德梅纳和雄性幼崽菲莱斯扭打起来。不知怎的,他们觉得心情无法平静。为了排遣心中的抑郁和不安,两只狮尾狒猛烈撕扭起来,他们嗒嗒嗒地追逐着,然后又扭打在一起,翻滚起来。这时,另一只幼崽加入进来,他们玩起了捉迷藏。

考克布有些茫然地望着天空。天空一片蔚蓝,万里无云,这反倒让他觉得压抑。在天空的一角,出现了一个黑点。黑点转瞬间变成了三个、五个,向这边飞过来。

是几只体形巨大的兀鹫。兀鹫敏锐地嗅到了小崽儿尸体散发出的臭味,便朝着尸体聚集过来。

两只头巾兀鹫在几米开外的地方降落了,他们挥舞翅膀发出的"啪嚓啪嚓"声,听起来实在令人不快。受惊的狮尾狒幼崽们逃进了草丛里。随后,后背是白色的非洲白背兀鹫和羽毛中有三道白线的黑白兀鹫落了下来。

黑白兀鹫在空中低低地盘旋,然后便降落在近处的考克布面前。他用力扇动了两三回翅膀,威吓考克布。随后,他张开锋利的喙,用令人厌恶的目光瞪着考克布。考克布害怕了,逃到了幼崽们聚集的地方。

兀鹫是草原上的清扫工。他们平时很少露面,可是一旦有动物死去,他们那敏锐的嗅觉便会准确地捕捉到死讯,循着气味这条线索找到尸体。这里除了前面的三种兀鹫,还居住着头部是白色的白头兀鹫。

头巾兀鹫走到小崽儿尸体旁边,用镰刀般锐利的喙,残忍地将尸体扯裂。另外四只兀鹫也凑上前来,向这个小小的猎物猛扑上去，唯恐自己落后似的。

阿特古其实很想一直抱着死去的小崽儿，她之所以把他扔掉，是因为在炎炎烈日的暴晒下，小崽儿的腐烂加速了。以往的经验告诉阿特古，若是留着腐烂的小崽儿，就会引来兀鹫，而兀鹫为了抢夺尸体会发动攻击。这还不是最可怕的，兴奋的兀鹫有时甚至会袭击活着的小崽儿和幼崽。为了事先避免遭受这样的危险，她才不得不在小崽儿的尸体腐烂后，无情地将他扔掉。

考克布并不知道死亡是什么。可是，他曾经失去了母亲基特鲁，所以明白死亡就意味着和自己爱的人永远分离。考克布有时会忽然觉得基特鲁就在身边，他会忽然间听见温暖的呼吸声，可回头一看，却发现什么都没有，这时他会十分失望。基特鲁一定就在什么地方。不过可以肯定的是，他们是无法相见的。

手和脚一动不动，没有表情、没有声音，自发的动作全部消失，这样的状态似乎和"永远的分离"有着某种强烈的关联——考克布心想。他想要实际确认一下自己的想法，于是便跑去看那具被扔掉的小崽儿尸体。

然而考克布看到的却是死亡带来的可怕场景，那尸体只是意味着成为兀鹫的饵食——身体被锐利的喙撕得粉碎，骨头也被敲碎，所有这一切都成了兀鹫的腹中之餐。考克布心中涌起一股难以言说的恐惧，拼命向阿特古跑去。

胡兀鹫

与吃死尸的家伙们搏斗

小旱季结束了。七月的天空飘浮着许多残云,西边的天空耸立起了几朵巨大的积雨云,悬崖下方传来沉闷的雷鸣。这里是将近四千米的高地,所以雷声经常在悬崖下的山谷响起。昨晚下雨了,大地上出现了许多水坑。马上就要进入雨季了,青草应该很快就会发芽了。

考克布三岁了,已经长成了一个爱淘气的少年。他好奇心很强,什么都想尝试。他对所有发生在艾米艾特群落活动范围之内的事情都了如指掌,就连卡达群落领地的地形他也大体掌握了。不过，他还没到过达尚群落所在的大山和悬崖。一定要找机会去一趟——考克布一边想一边眺望着达尚峰。

考克布常常和伙伴们一起离开群落去远行。不过，他还没有勇气去陌生的地方。

群落前往西侧的大悬崖时，考克布和德梅纳以及大他一岁的菲莱斯一起去东边玩耍了。东南方的悬崖那里传来"咚——"的一声闷响，考克布不知道这是什么声音，不过他常常会听到这种声音。后来他发现，这声巨响传来时，总会有一只胡兀鹫在天空悠然盘旋。

这个时候也是如此，他看见一只胡兀鹫从积雨云中飞了出来。胡兀鹫是一种体形巨大的猛禽。他的一双翅膀若是全部张开，长度可以达到三米。巨大的翅膀便是他的特征。他可以张着一双翅膀缓缓在空中滑行，发现地面上的猎物。

这里也有草原雕和兀鹫，不过与他们不同的是，胡兀鹫的仪容更加威风凛凛。他的脸更加庄严漂亮。红宝石般的眼睛周围长着一圈黑色的羽毛，仿佛是歌舞伎演员脸上勾勒出来的脸谱。不仅如此，胡兀鹫的喙的底部还垂着长长的黑色胡须，看起来真是威风十足。更令人叫绝的是，他的胸部和躯干长满了赤金色的羽毛，阳光照在身上时，胡兀鹫会变成金色的兀鹫，美得让人看了不禁入迷。

考克布总觉得那个"咚——"的声音和赤金色的光芒有

着某种关联，他早就想对那个神奇声音一探究竟。

现在，这个想法在他心中强烈地涌起，他不顾一切地朝声音的方向跑去。德梅纳和菲莱斯紧跟在他身后。不知他们两个是出于同样的想法，还是被考克布那固执奔跑的身影所吸引才跟上去的。

声音总是从东南侧的悬崖传来，他们从没去过那里。穿过一片小小的硕莲林，路过一片如白雪般盛开的白菊花丛，顺着一条布满坚硬岩石的平缓斜坡向下走去，便来到了悬崖上。在悬崖下方几十米的地方是一块平地，胡兀鹫正在戳着什么。

在胡兀鹫的周围，有白兀鹫、非洲白颈鸦和渡鸦。有死死盯着胡兀鹫的家伙，有扇动翅膀快步跑来跑去的家伙……各种各样的鸟类聚集在一起。

岩石平台上散落着类似白色圆棒和白色石头一样的东西。那是什么呢？这么多的鸟儿聚在一起在做什么呢？考克布陷入了沉思。胡兀鹫被他们围在中央，展现出鸟中之王般的威严，俯视着其他鸟类。

一只非洲白颈鸦迈着小碎步凑上前来，想要啄食横在胡兀鹫身前的白色物体。胡兀鹫立即上前两三步，赶跑了非洲白颈鸦。

看来围在四周的鸟都想要抢夺胡兀鹫面前的白色物体。

比起尸体的肉，胡兀鹫更喜欢吃动物的大脑和骨

髓，这是一个相当有趣的习性。胡兀鹫会飞到村子里，捡拾村民杀死或扔掉的牛、绵羊、山羊等家畜的头盖骨和脊椎骨。

即便他拥有坚硬的喙，但是也没有强大到能够啄开头盖骨和脊椎骨。所以他会从空中把骨头扔向岩石平台，待骨头摔碎后再啄食动物的大脑和骨髓。

从空中向下扔时，如果没有找到合适的地方，骨头要么没摔碎，要么就不知滚落到哪里去了。因此，胡兀鹫往往选择平坦的岩石较多的地方作为他的"碎骨场"。考克布听到的"咚——"的声音，正是胡兀鹫摔下的骨头撞击地面的声音。这就是为什么当他听到声音时，总

会看到一只胡兀鹫在上空飞翔。

　　乌鸦们知道这个"碎骨场",当看到胡兀鹫抓着猎物飞过来时,他们便都凑上前来,想要弄些美味来吃。于是,像往常一样,一场猎物争夺战上演了。

　　胡兀鹫刚刚把喙伸进头骨中,乌鸦们便兴奋地叫嚷起来。胆子最大的渡鸦竟然朝头骨猛冲过去。胡兀鹫刚把他赶跑,两只非洲白颈鸦又从身后嗒嗒嗒地扑向头骨。

　　随后,乌鸦们有的向前猛冲,有的拍着翅膀乱窜,有的"呱呱"叫着在上空盘旋,现场乱作一团。两只白兀鹫在一旁密切注视着现场的情况,眼睛闪闪发光,准备一旦有可乘之机就把食物夺过来。

胡兀鹫愤怒了，张开巨大的翅膀扇动起来，打算把这些纠缠不休的乌鸦们都赶走。胡兀鹫瞅准机会向渡鸦猛地啄了过去，渡鸦"嘎——"地叫了一声，连忙逃跑。胡兀鹫趁势追了几步，没想到这下糟了，非洲白颈鸦飞快地啄着带有脑浆的碎骨头，逃走了。

考克布和同伴在悬崖上兴致勃勃地观看着胡兀鹫和其他鸟类之间的这场骨头争夺战。他们之间的一进一退、策略的运用实在是太有趣了，小狮尾狒们甚至想加入其中。

骨头争夺战结束了，胡兀鹫振翅飞上了天空。他那赤金色的腹部闪耀着金色的光芒，仿佛是太阳的使者。胡兀鹫在空中画了一个巨大的圆圈，便朝着东方的天空飞去了。

考克布和伙伴们见状，连忙从悬崖上爬下来，向碎骨场跑去。

那些看起来像白色石头的东西都是骨头的断片。乌鸦们把小的碎骨头都吃掉了，而对那些牙齿和大块的骨头，他们就束手无策了，只好扔在那里。

白兀鹫一直瞪着一双可怕的眼睛，这是一种奇怪的鸟。他们很少出声，只有在遇到美味的死尸时，才会发出"咻——咻——"的嘶哑声音，平时总是沉默不语。这种鸟长着黄色的又尖又细的喙，脸部是浅黄色。头上的毛发倒竖着，所以总是一副怒气冲冲的表情。

白兀鹫身体后面的羽毛是黑色的，其他部分是雪白色的。白兀鹫在兀鹫中体形最小，却是很美丽的鸟。当其他兀鹫争抢猎物的死尸时,他们往往在外围守候。等大家都吃完了,白兀鹫才会上前觅食。这看似深谋远虑,其实却并非如此。他们那又细又尖的喙并不是用来装饰门面的,白兀鹫是用他的喙抠出骨头之间的肉片来吃的。等那些聒噪的家伙们都走了,白兀鹫就会安稳地享用属于自己的美餐。

考克布曾经见过两三次奇怪的光景:白兀鹫拿来了一个蛋,考克布本以为他会啄破后再吃,没想到他用喙叼来附近的石子,把石子扔到蛋上砸破了蛋,然后吃掉了里面的东西。白兀鹫如此聪明的举动让考克布看呆了,他不禁想:"哦?还有这样的吃法?"

德梅纳朝头骨摔碎的地方跑去。他不是去吃的,那种东西,就算强迫他吃下去恐怕也会吐出来。孩子总是有很强的好奇心,他只是想看看吃剩后的景象。

正在觅取残食的非洲白颈鸦突然冲向德梅纳。在乌鸦的眼中,德梅纳是前来抢夺食物的不速之客。

德梅纳吓了一跳,逃向了一旁。考克布和菲莱斯也跑了过来,想要救他。其他的非洲白颈鸦和渡鸦立刻大叫着飞了过来。

非洲白颈鸦的身体漆黑,颈部到胸的部分长着白色羽毛,白色一直延伸到腹部,就像是围了一条白围裙。乍一看虽然很可爱,可是他的脾气却很暴躁。当他发出"咔——咔——"的嘶哑叫声,扑腾着翅膀发动攻击时,会是一个十分难缠的对手。

与吃死尸的家伙们搏斗

渡鸦的脾气更加糟糕。他体形巨大，浑身漆黑，就像是从黑暗之国走出来的，令人毛骨悚然。他立起喉咙上的羽毛，用尖尖的喙突然啄了菲莱斯一下，菲莱斯惨叫着逃开了。

碎骨场顿时成了乌鸦和狮尾狒幼崽们混战的战场。占据优势的乌鸦们与其说是在教训小狮尾狒，不如说更像是在拿孩子们寻开心。考克布和同伴们拼命躲避着乌鸦们的攻击，一溜烟地跳上悬崖逃走了。

乌鸦们沉浸在胜利的喜悦中，在碎骨场上跳来跳去，漆黑的羽毛反射着强烈的阳光，就像许多黑曜石飞来飞去。

考克布和同伴们喘着粗气踏上了归途，刚才的事情的确出乎他们意料。他们虽然早就知道乌鸦既狡猾又狂暴，可没想到竟然是这么可怕的对手，说不定一个不小心就会被啄死，成了乌鸦的饵食。

水坑里聚集了很多非洲白鹮，这种鸟的头部和尾部是黑色的，身体是白色的。看见这些非洲白鹮后，德梅纳突然跳起来，以猛烈的气势冲进了鸟群。菲莱斯和考克布也不甘示弱，紧跟在德梅纳身后冲了进去。

这群非洲白鹮被三只幼崽的突袭吓了一跳，一齐飞了起来。看着这团黑白相间的斑驳云彩渐渐飞远，积聚在考克布胸中的怒火仿佛也悄悄地消失了。

瓦利亚野山羊

少年考克布的冒险

　　大雨季从七月末开始,一直持续到九月中旬。干枯的茶褐色草原吸足了生命之水,恢复了活力,渐渐被染成了绿色。

　　这个季节食物充足,狮尾狒自然欢喜。不过这并不意味着全是好事,因为天空会降下冰冷的雨水,有时还会下冰雹,像飞石一样从天而降。也有一整天都笼罩在暮霭中的日子。北侧悬崖的冰终日不化,寒冷的日子不断,甚至会出现病死的狮尾狒。

考克布四岁了，已经迎来了第五次大雨季。他已经进入青春期，能感到体内萌动着一股从未体会过的不可思议的冲动。

考克布的朋友圈也变了。曾经在一起玩耍的少女们都迎来了青春期，几乎不怎么从家族里出来了。就连关系那么要好的康娇，也几乎不和他一起玩耍了。

太阳罕见地出来了，灰色的云层出现了一道缝隙，露出了一抹蓝天，新鲜的阳光活泼泼地照在青草上。群落的成员正在各自采食。

阿莱特家族慢慢走过来了。稍远些的地方，康娇正在开心地采摘青草。考克布看见了她，心中顿时涌起一阵亲切之情，跑到了康娇身边。

若是在往常，他们会立刻玩起摔跤或追逐着嬉戏起来，可现在康娇却有些羞涩地咧开嘴，微微露出白牙，坐在原地伸直了身体。康娇胸口露出的皮肤显出了淡淡的粉红色。

"呜哎，呜哎——"是我啊！你变漂亮了！

考克布仿佛被那诱人的颜色所吸引，不由得探出身子，将鼻子凑到康娇那粉红色的胸口前。

"克咿！"康娇小声叫道，仿佛在说："讨厌！"然后她有些不安地朝自己的家族看了看。

"呜，呜。"考克布温柔地问道，"怎么了？你在害怕什么？"

这时，阿莱特快步跑了过来。他瞪了瞪考克布，然后朝康娇竖起白眉，发出"咕噜噜，噜，呜呢啊——"的复杂叫声：你在做什么！不许搭理这种家伙。赶快回去！

阿莱特冲着考克布发出低低的威吓的叫声，"嘎嗷——"意思是"走开！"，然后他用手轻轻拍了拍康娇的背，把她拉到近旁：回去吧！

"嘎。"——"不要！"康娇虽然很不情愿，但是迫于阿莱特那温柔而又坚决的态度，只好跟在阿莱特身后回家去了。

在狮尾狒的幼年时代，雄性幼崽和雌性幼崽都能够自由地离开家族，成立幼崽军团一起玩耍。不过，一旦进入青春期，少女就会被雄性首领监视起来，不能再随意走出家族了。

不过，这个时期的少女仍然摆脱不了幼崽时期的习惯，还是想着离开家行动。如此一来，首领必定会过来把她"领回去"。

首领害怕的是少女随意跑到其他家族去玩耍。

少女狮尾狒意识不到自己的身体内部已经发生了变化，变得与幼崽期不同了。她们的性激素分泌逐渐活跃起来，胸口的皮肤开始带上淡淡的粉色，行为上也开始出现变化。她们常常会不自觉地被威武的雄性所吸引，而且会像着了魔一样，不知不觉间就闯入了其他家族。

所以，若是一个家族里有正处于青春期的少女，首领绝不敢放松对少女的监视。他会时刻警惕，一旦少女要离开家族，便会立刻把她带回来。

考克布眼看着康娇被带走，顿时沮丧不已。他觉得自己心里出现了一个小小的空洞，呆呆站了一会儿。随后仿佛想起了什么，他一溜烟地向硕莲跑去，在硕莲上转身腾跃——这个动作正是首领和雄性军团争吵时展示过的动作——然后便在草原上转着圈狂奔起来。

艾米艾特群落的七个家族并不总是在一起生活。家族是独立的存在，一时兴起也会离开群落单独行动。阿莱特家族喜欢艾米艾特山顶一带，群落向遥远的西方远征时，他们经常会留住在那附近。

到今天为止，阿莱特家族已经消失一周了。就算是离开群落，一般也是两三天就回来了，从没消失过这么长时间。康娇不会有事吧？考克布渐渐担心起来。

云彩散了，太阳投射着明媚的阳光。"我要去见康娇。"这个想法折磨着考克布。终于，他离家出走了。

考克布爬上岩石高处，看见群落里的狮尾狒们像小石子一样散落在草原上。大家一边摘草，一边缓缓向北侧斜坡走去。雨季就要结束了，草原上的青草都发芽了，在明媚的阳光下呈现出一片耀眼的绿色。不管走到哪里，都有吃不尽的食物。对狮尾狒来说，这是个无忧无虑的好季节。

考克布穿过草原，爬上一座小小的悬崖走了一会儿，突然打雷了。大悬崖的下方布满了密密麻麻的乌云，雷声就是从云层里传来的。悬崖上方的台地虽然正是晴天，可下方的低地一定是雷电交加，倾盆大雨。不过，也不能放松警惕，因为云彩可能会突然飘上来，到那时这里也会遭遇雷雨。

"哈——呜啊——"考克布听到了一阵嘶哑的叫声。地面上到处都是水坑，一些褐色的鸟类聚集在那里。他们长着长长的喙，喉咙那里垂着一片难看的肉片。这是肉垂鹮，是朱鹮的同类，不过与那优美的朱鹮不同，肉垂鹮的叫声嘶哑，一身的羽毛仿佛披了块破布，给人一种形迹可疑的感觉。

考克布在水坑喝完水，突然向肉垂鹮扑过去。受惊的肉垂鹮发出"哈呜——哈——"的嘶哑叫声，接着便有五六只肉垂鹮扑腾着翅膀飞了起来。自从被乌鸦攻击过以后，只要一看到黑色的鸟，考克布就觉得一肚子气，情不自禁地就想欺负他们。其他的肉垂鹮看了考克布一眼，知道是喜欢恶作剧的狮尾狒在淘气，便又在水中觅起食来。

又走了一会儿，可怕的事情发生了。雪白的云朵从悬崖下方以飞快的速度飘了上来，刹那间便涌进了草原。

逃跑也没用。转眼间，草原、水坑和硕莲都湮没在了云朵之中，就连两三米之外的东西都看不清了。

考克布硬着头皮向前走，不久便隐隐看见许多柱子耸立在一片白茫茫的云海中，是硕莲林。这里生长着许多硕莲，形成了一片森林。日光强烈的时候，群落会在这里休息，所以考克布对这里很熟悉。从这里到艾米艾特山顶大约还有六百米，就等云彩散去后再出发吧。

一道刺眼的闪电划过，巨大的轰鸣响起，打雷了。天空被扯成了两半，大量冰雹从天而降，仿佛有人把云朵上方的冰雹倾盆倒下，数量多得令人害怕。那些白色的冰雹足有考克布的眼珠那么大，猛烈地敲打着大地。

考克布紧紧靠在硕莲的茎上。直直耸立的茎上向四面八方生长着芭蕉叶大小的茂密的叶子，就像是一把巨大的伞，挡住了冰雹。如果冰雹直接砸在身上，小小的考克布肯定会感到刺骨的疼痛。

这片高地几乎不怎么下雪，不过常常下冰雹。雨季期间自不待言，在旱季的开头或末尾也会突然降下大个儿的冰雹，有时甚至会落下比狮尾狒眼球大一倍的冰雹。如果直接砸在幼崽身上，那就是性命攸关的事了。

笼罩着四周的白色浓雾中，出现了两个红褐色的圆点。圆点渐渐靠近，又露出了一张脸，上面长着尖尖的鼻子和一双向上翘的耳朵。"这个讨厌的家伙！怎么会来这里？"考克布的心凉了半截，向后退去——是锡门豹。

艾米艾特山一带被称为锡门地区。这里生存着一种叫作"锡门豹"的肉食动物，曾经被认为是一种神秘的动物，有人认为他是狼的同类，称他为"锡门狼"，也有人认为他更像狐狸，称他为"锡门狐"。现在人们终于弄清楚，他更接近于豹，于是便命名为"锡门豹"。这是埃塞俄比亚高原独有的物种，只生存于锡门地区和向南约一千千米处的巴莱山脉，是世界罕见的珍稀哺乳动物。

锡门豹是锡门地区唯一的肉食动物。他们主要捕食老鼠，是捕鼠高手。不过要是肚子饿了，有时他们也会袭击狮尾狒的幼崽。因为对他们来说，狮尾狒的幼崽就像是个头大一些的老鼠，是很理想的食物。

锡门豹伸出红红的舌头，舔了舔嘴巴。他知道狮尾狒幼崽的味道，虽然不像老鼠肉那么软，骨头还有些硬，不过由于体形较大，还是值得一吃的。但是，因为他们总是集体行动，幼崽大多紧跟在母亲身边，所以要想抓住幼崽并不容易。可今天这是怎么了？怎么会有一只幼崽出现在这里呢？这简直是千载难逢的机会啊！

锡门豹"噗"地呼出一口热气，那双红褐色的眼睛死死盯着考克布，他在忖度时机。极度紧张的考克布一边瑟瑟发抖，一边等待着接下来的那个瞬间。

锡门豹红褐色的眼睛倏地亮了一下，两只前爪扑了过来。考克布迅速转到了硕莲的树干后面，他躲过了伸到树干后的死神的爪子，立刻逃进了菊花丛中。

这片草原上生长着一种低矮的白菊花丛，花丛的形状圆溜溜的，像是被修剪过似的。长着白色花瓣，类似于菊花的干巴巴的小花覆盖在花丛表面。有时花丛也会零星生长在有很多岩石的地方，还有的时候，几十丛会扎堆儿生长，形成一个小丛林。远远望去，就像是许多圆圆的雪球并排在一起。

幸好有白菊花丛在，这对考克布来说是幸事一桩。在这些圆溜溜的郁郁葱葱的花丛中，长满了细细的花枝，枝丫上长满了刺。即便想从外面伸进爪子来，也会被刺扎得生疼，所以捕猎者不会轻易得逞。

锡门豹扑进了白菊花丛，不过他根本追不上身手敏捷的考克布。他追了考克布一阵，最后终于放弃，离开了。

考克布松了一口气，蹲坐在花丛根部。紧张的情绪一旦散去，疲劳感便席卷了全身。刚才太危险了，要是没有白菊花丛，他恐怕就没命了。考克布抓下一朵白菊花，放进嘴里。花瓣虽然难吃，可是中间的黄色花粉却是美味。考克布捡了块冰雹润了润嗓子，又休息了一会儿，渐渐地恢复了精神。

冰雹停了，云朵刹那间都被吸进了山谷，仿佛是风神打开口袋把云彩都吹跑了。考克布小心翼翼地从菊花丛里探出了脑袋，他十分谨慎地看了看四周，并没有发

现锡门豺的踪影。

他犹豫着是该继续向前还是该往回返，最终还是决定，既然已经来到了这里，索性登上山顶吧。他很熟悉去往山顶的路，应该不会有问题。

考克布精神抖擞地走过被冰雹覆盖的草地，走过露出地面的岩石。他站在艾米艾特山的山顶，眺望四周。一座座鞍马状台地飘浮在云雾蒙蒙的空中，营造出一种梦幻般的氛围。从脚下的斜坡再稍稍向前走一点儿，就是和地面垂直的大悬崖。隔着一千几百米深的山谷，考克布可以看见对面山上的台地上有一块形状规整的绿地，旁边零星散落着几处有草房顶的人家。那是人类居住的小村庄，那块绿地是大麦田。

考克布大叫起来："呜呀——"他叫了好几声，却没有任何回应。也可能是因为幼崽的声音传不了太远，但如果阿莱特家族就在几百米下面，一定会有应答的。

东南方向似乎有声音传来。山顶下面的悬崖在东南方拐了一个大弯，隔着一条浅浅的溪谷，一直延伸向布阿西特山。考克布还没去过那边。

隐约传来的声音听起来和康娇的声音十分相似。考克布仿佛被这神奇的声音控制了似的，摇摇晃晃地向着声音传来的方向走去。

走到东南方的悬崖上时，考克布大声喊叫起来。"呜咿呀——"先是传来一声悠长的成年雌性狮尾狒的叫声，随后便是一声细细的清脆的声音——是康娇。考克布鼓起勇气，开始顺着悬崖往下爬。看样子阿莱特家族所在的位置十分靠下。考克布到达那里的可能性虽然不大，不过等他下降一段距离后，说不定他们会爬上来。

这是一个微弱的希望。然而，接下来发生的事让这个希望更加渺茫了：灰白色的云雾又从下面翻涌上来了。考克布被厚厚的云层包围，困在了悬崖的半山腰。而且更糟糕的事情发生了——起风了。即便考克布大声喊叫，声音也会被大风吹走，是无法传到下面的。虽然狮尾狒已经习惯攀爬悬崖，可是在这浓雾里，随时都有可能滑落山谷。考克布小心翼翼地缓慢向前走着，他发现了一块长满青草的平坦的岩石，便坐了下来。

考克布的身体渐渐变得冰凉。岩石上堆满了冰雹，起风时阵阵寒气袭来，愈发冷了。这样下去很有可能会冻僵。

岩石的一角露出了一张动物的脸，一双黑色的眼睛盯着考克布。"锡门豹！"考克布一惊，拉开了架势。要是在这个悬崖上遭到攻击，连逃都没法逃。就在他绷紧了身体的时候，那张脸清晰地浮现了出来，是一个头上长着长长的角的动物。"呜哎，呜哎，呜咿——"考克布发出了开心的叫声，跑向那个动物。这是考克布十分熟悉的雄性瓦利亚野山羊。

这只独来独往的雄性瓦利亚野山羊常常加入艾米艾

特群落，和狮尾狒们一起四处游动。对动物们而言，最可怕的敌人是人类。狮尾狒群数量庞大，监视的眼睛也有很多，只要和他们在一起，一旦有人类靠近，就很容易发现。

瓦利亚野山羊是羱羊（北山羊）的一种，即便在埃塞俄比亚，也只有在锡门高地才能见得到他们的身影。瓦利亚野山羊是世界上珍稀的有蹄动物，全世界仅有大约二百五十只。成年雄性的角向后弯曲，长度超过一米，是非法狩猎者觊觎的目标。所以他们会加入狮尾狒群，保护自身的安全。

这只野山羊和考克布是十分要好的朋友，考克布经常骑在他的背上，或是挂在他的大角上荡秋千。没想到会在这里偶遇这只野山羊，天下竟然有这么幸运的事情！

下雨了。虽然是倾盆大雨，不过岩石台子上有一块向外突出的石头，正好挡住了雨水。雨停之后，黄昏降临了。太阳从云朵之间投下一束光线，便消失了身影。暮色渐渐将四周的空气染成漆黑。

瓦利亚野山羊折弯四足跪了下来，考克布钻到野山羊的肚子下面。好温暖！考克布湿漉漉的毛发晾干了，他完全恢复了精神。这时他感觉自己仿佛被母亲抱在怀里，很快便进入了香甜的梦乡。

早晨起来后，考克布身上的疲劳还没有完全退去。

他已经没有力气大声呼唤康娇了，现在只想尽快回到阿特古妈妈身边。

考克布开始攀登悬崖了，可是有两次脚都踩空了。或许是太累了的缘故，走起路来双脚都在打战。瓦利亚野山羊叔叔将背递了上来，真是雪中送炭啊！考克布高兴地骑到了野山羊叔叔的背上。

瓦利亚野山羊居住在悬崖上，所以十分擅长攀登悬崖。悬崖上有一条野山羊常走的路，途中有几处极其危险的地方，不过野山羊用他那坚硬的羊蹄巧妙地卡住岩石，一边保持住平衡一边向上攀登。虽说狮尾狒更擅长攀登垂直的悬崖，不过若要论起悬崖生活的得心应手程度，瓦利亚野山羊绝不亚于狮尾狒。

穿过硕莲林之后，考克布听到一声粗大的叫声："呜呀——"考克布立刻回应道："呜呀！"他高兴地在野山羊背上跳了起来——是库西鲁叔叔的声音。

库西鲁很担心考克布，便来寻找他了。考克布从瓦利亚野山羊背上跳下来，一溜烟地跑到库西鲁叔叔身边，嗖地一下跳上库西鲁的后背。库西鲁背着考克布，大踏步地向阿特古走去。

白兀鹫

快乐的少年时期

　　考克布的一生中,恐怕再没有比少年时期的尾声更悠闲快乐的时光了。阿特古和兄弟姐妹们待他都很亲切,阿特古把他当作亲生孩子一般抚养长大,没有让他受到半点儿委屈。不管他做什么,都不会有人指责,而且可以自由出入家族,不管去哪里都不会有人约束。

　　现在,阿特古家就是考克布的家,一切行动都是以母亲阿特古为中心进行,考克布感到很安心。可是,不久他将迎来青年期,到那时他必须离开家族。一直庇护他的首领和母亲也将不在身边，他只能独自开创自己的未来。而且，他早晚都将踏上成为首领的道路，不过这条道路将会十分艰难。这也是生为雄性的狮尾狒必须承担的严酷命运。

姐姐乌哈生下了一个小崽儿。乌哈年轻体壮，奶水十分充足，小崽儿茁壮地成长起来。

乌哈有了孩子以后，便从阿特古家独立出来了。当然，她仍然和阿特古家保持着很好的关系，不过她已经成长为一个可以独当一面的雌性，成了支撑起迪鲁家族的一名成员。

雌性和雄性的人生之路迥然不同。雌性即便成年，也会留在家族里，注定要在家族中度过一生。

雌性同伴之间会建立起亲密的关系，她们互相梳理毛发，聚集在一起，照看其他同伴的孩子，和睦友爱地生活。雌性之间亲密的关系网将整个家族牢牢地团结在一起。

雌性同伴之间的地位排序是固定的。迪鲁家族的顺序是：库拉、拉姆、贝古、阿特古，然后是乌哈。乌哈自然是最后一位。虽然排序是固定的，不过身处上位的并不会飞扬跋扈，身居下位的也不会卑躬屈膝。所以，就算是梳理毛发，也不会出现地位低的狒狒总是为地位高的服务这种现象。

在日常生活中，其他雌性的位次等级并不明显，唯有排在首位的库拉,地位和其他雌性有明显的不同。库拉是雌性当中的核心人物,被其他雌性所依靠。当家族发生某些大事,比如雄性军团发动攻击,和首领上演激战时,雌性们便会以库拉为中心聚集起来。库拉作为这个家族的雌性首领,在其他雌性当中有很高的威望。

对雌性来说,最重要的就是生下健康的幼崽并将他们好好抚养长大。雌性一生都要待在家族里,承担着繁衍子孙、维系家族团结的使命。所以,家族可以说是一个母系集团。

阿特古给考克布梳理完毛发,考克布便十分满足地从家里跑出去了。

德梅纳独自在吃草。考克布朝他跑过去,嘴里高兴地叫着:"呜咿,呜哎!"他坐在德梅纳面前——哥哥,你在做什么?我来找你玩儿啦!

德梅纳在考克布面前横躺下来,考克布开始梳理他腋下的毛发。梳理了一阵子之后,考克布又横躺下来,德梅纳开始为他梳理毛发。

这是一个阳光灿烂的日子。雨季结束了,青草发芽了,寒冷阴郁的季节过去了。现在狮尾狒们每天都沐浴着温暖的阳光,在青草茂盛的草原上生活,不仅身体在茁壮成长,心情也十分轻松愉快。

他们梳理完毛发之后,考克布便朝雄性军团跑去。德梅纳则慢慢起身,走向耐奇叔叔。

德梅纳四岁时便离开了家族。他喜欢独自待着，没有参加雄性军团，而是作为"少年自由人"在群落里生活。四岁时，他有时还会返回阿特古家，不过等长到了五岁，德梅纳已经完全适应了自由雄性的生活，开始享受一个人的生活了。

德梅纳的朋友是自由雄性耐奇叔叔。耐奇的年龄已经很大了，毛发尖儿和下巴上的毛都已经变白了。肩上的长毛有些发灰了，身上散发出年长者特有的沉稳和温和。

耐奇从未当过首领。他出生于一个遥远的鞍马台地，一边流浪一边寻找合适的群落加入，曾经做过两个家族的第二雄性。不过，他生来就是一副老实的性格，不喜欢攻击别人，最终也没有走上当家族首领这条路。三年前，他来到了艾米艾特群落，心满意足地当上了自由雄性。这里住起来很舒服，很适合过隐居生活。

耐奇不属于任何集团，只是在群落里悠然自得地生活。不过，他在年轻狮尾狒中颇有人气。无论是雄性军团里血气方刚的年轻雄性，还是像德梅纳这样的自由雄性，或是像考克布这样的青春期少年，只要心中有了不安或躁动的感觉，就会来找耐奇。只要和耐奇叔叔待上一会儿，心情就会放松很多。

德梅纳走到耐奇叔叔身边，坐下来摘起了青草。黎明时，下了点冰雹。冰雹在清晨阳光的照射下开始融化，草被润湿了，仿佛刚下过雨。在草丛背阴处和岩石下面仍然堆积着白色的硬块，德梅纳将冰雹放在嘴里嚼了起来。咯吱咯吱——是冰块被咬碎的声音，随后凉凉的液体穿过了他的喉咙。

考克布朝雄性军团跑了过去。他的身体已经长得十分健壮，可是头上的毛发还没有长起来，光秃秃的，仍旧是孩子模样。德梅纳从头部到脖子的毛发长长了些，那样子让人联想起日本传说中的河童的脑袋。头上的毛发和腮上的胡子会随着年龄越长越长，等到十二三岁，也就是成年以后，威风凛凛的肩上长毛和腮须就会都长出来了。

"考克布这小子能应付得过来吗？"德梅纳看着考克布接近雄性军团的情景，不禁有些担心。德梅纳最初也曾想加入雄性军团，首领吉布倒是还算好相处，不过德梅纳和排名第二的尼法斯却脾气不合。尼法斯是个精悍的青年狮尾狒，看样子他迟早会当上雄性军团的首领，不过他那副精英人士的派头让德梅纳十分不爽。

再加上排名第三的布达对尼法斯阿谀奉承，动不动就欺负德梅纳。德梅纳本就喜欢独自一人，这下正好成全了他，他果断放弃了雄性军团，选择了自由雄性的道路。考克布活泼可爱，招人喜欢，应该能处理好。德梅纳决定默默守候考克布。

考克布渐渐向雄性军团靠近。尼法斯瞪了他一眼，不过比考克布年长两岁的比查很爽快地接纳了他，立刻为他梳理了毛发。为了表示谢意，考克布也为比查梳理了毛发。

考克布有时待在家族里，有时待在雄性军团，有时跑去找德梅纳和耐奇玩耍，自由自在，无拘无束。一天，考克布和好朋友菲莱斯踏上了一次冒险之旅。

他们爬上悬崖边缘的一块岩石，俯瞰脚下广袤无垠的低地。这一天的风很大，突然刮起的暴风几乎要把考克布和菲莱斯吹走。毛发随风飘动，远远看去他们的脸和身体似乎都扭曲了。

尖的、平的，大大小小各式各样的鞍马台地屹立在地面上，仿佛是生长在地里的植物。在一块地势平坦的较大的台地上，白色的烟雾正缓缓升起，那应该是人类居住的村落吧。

两只狮尾狒开始顺着悬崖向下爬，下降了四五百米后，他们听到了"呜呀——"的一声叫声。一只从未见过的年轻雄性爬上了岩石，正在目不转睛地盯着考克布他们。刚才那一声是在发出警报："发现可疑情况！"

就在年轻狮尾狒的附近，有一些晃动的身影。"会是谁呢？"考克布和菲莱斯被好奇心所驱使，小心翼翼地悄悄向他们靠近。

原来是另一个狮尾狒家族，家族中共有十一只狮尾狒，包括一只威武的雄性和由他率领的三只雌性。考克

布和菲莱斯躲在菊花丛的背阴处，观察着那个家族的情况。

刚才发出叫声的年轻雄性像是个侦察兵，正渐渐向他们靠近。看样子他和考克布年纪相仿。一只白兀鹫突然从岩石后面伸出头来，一下子腾空而起，年轻雄性吓得向后退去。考克布突然觉得很好玩。"好，我也来试试看。"等到年轻雄性走到距离他们两三米远的地方，考克布突然探出了头。年轻狮尾狒大吃一惊，直立起身体，"克咿"地叫了一声，微张开嘴，露出白牙，瞪大了眼睛，一副惊恐的表情，随后便慌慌张张地跑回家族了。

雄性首领慢慢站起身，迈着沉重的步子向考克布走来。"克咿！"——菲莱斯发出惊恐的叫声，做出要逃跑的姿势。考克布观察到雄性首领的目光是柔和的，松了一口气，他并没有生气。

考克布从白菊花丛后面跳出来，迈着小碎步一溜烟到雄性首领面前，直立起来，打了个招呼。首领坐在地上，瞥了一眼考克布的下腹部，发出一声低吼："呜呢啊嗯——"意思是：知道了，你是个好孩子。

考克布受到这个声音的鼓励，在雄性首领前面横躺下来。他的心中一阵慌乱。首领的手触碰了他的身体，考克布的身体僵硬了，他可能会挨打。然而，意想不到的事情发生了，首领发出温柔的叫声，为考克布梳理起毛发来。

原本十分害怕的菲莱斯看到这幅情景又跑了回来，慌慌张张地动手梳理起了首领后背的毛发。

狮尾狒的下腹部有一块呈上弦新月形状的裸露肌肤。到了青年期，这块皮肤开始发红；等到成年以后，会变成鲜红色。平时这块皮肤被腹部的毛发遮住了，不过当狮尾狒直立时，那块鲜红的新月就会露出来。当狮尾狒在首领面前走过时需要向首领致意："恕我失礼！"当把首领惹怒时则要致歉："对不起！"——这些时候，他们都会露出那块新月。

处于青春期的考克布的新月标记开始呈现出淡淡的粉红色，他向首领展示自己的新月，正是发出服从首领的恭顺的信息。

雄性首领接受了考克布的心意，证明就是他为考克布梳理了毛发。同样的情形若是放在日本猴身上，一般是弱者为强者梳理毛发并阿谀奉承，而狮尾狒却不同，为了将"你可以做我的朋友"的信号积极地传达给对方，强者会为弱者梳理毛发。这也是狮尾狒最有趣的地方。

考克布和菲莱斯同这个家族的成员打了照面，和他们待了一会儿，他们并不打算久待。两只小狮尾狒告别了这个家族，爬上了悬崖。

他们从未料到悬崖上会有陌生家族在独自生活。大悬崖的面积比草原的面积要大很多，而且这里生长了许多青草，即便完全在悬崖上生活也不成问题。

不过，像群落这样的大集团，是不可能只生活在悬崖上的，他们还需要到悬崖上方台地上的草原去采食青草。若是一个家族或小规模的群落，则有可能将活动范围限定在悬崖上，这种狮尾狒被称作"悬崖狮尾狒"。考克布和菲莱斯是第一次知道悬崖狮尾狒的存在。

一个半月后，悬崖狮尾狒家族突然现身了。

悬崖那边突然不间断地传来"呜呀——"的叫声，是一只年轻雄性的声音，在通知大家有危险了。家族首领赛玛伊和提拉立刻紧张起来，站起身来朝声音的方向望去。考克布和菲莱斯朝声音传来的方向跑去。

岩石对面，有一群陌生的狮尾狒围成一团正在吃草。其中一只年轻雄性稍稍抬了下头，菲莱斯看到他的脸后立刻认出来他就是悬崖家族的那只雄性狮尾狒。再仔细一看，他们发现首领和雌性都眼熟，这群狮尾狒正是之前在大悬崖遇见的那个家族。

悬崖家族缓缓向群落靠近。群落的首领们最初还有所警惕，等他们弄清楚那只是一个单独行动的外来家族之后，便又放心地吃起草来。

群落不仅不划分地盘，对于外来的家族也十分宽容。悬崖狮尾狒们成了艾米艾特群落的客人，他们的短暂停留获得了群落的许可。当然，他们没有进入群落内部，只是在群落周边安静地生活。一周之后，悬崖狮尾狒们又返回悬崖下面去了。

粉胸斑鸠

雄性军团的生活

考克布五岁了。微微发黄的浅褐色毛发垂在脖子上,那发型看起来就像日本传说中的河童的发型。力量充满了他年轻的身体,他的脸上总是一副轻松愉快的表情。考克布在雄性军团和迪鲁家族之间自由自在地走来走去,不过后来待在雄性军团的时间渐渐多了起来。

从斜坡上伸出来的石楠树上,停着两只粉胸斑鸠。他们很是和睦,"咕咕,咕咕咕"地叫着。粉胸斑鸠的雄鸟和雌鸟十分恩爱,总是双宿双栖。看着他们,考克布突然想念起阿特古来。考克布刚刚迈入青年期的大门，常常在门口进进出出，对于生养自己的家族仍然有些留恋。

考克布与雄性军团的年轻雄性远行归来后，便径直奔向阿特古身边，让阿特古为他梳理毛发。这是令人惬意的一刻。当考克布全身都沉浸在那令人陶醉的感觉中时，库西鲁来了。库西鲁在考克布面前停下，稍稍犹豫了一下之后，便对着考克布微微蹙起白眉，"咕嗷"地低吼了一声——到那边去！阿特古是我的女人！

考克布吓了一跳，躺在地上看着库西鲁，以前从没发生过这种事。库西鲁竟然做出这么可怕的表情瞪着考克布，这究竟是怎么回事？

库西鲁完全无视考克布的存在，开始为阿特古梳理肩上的毛发。阿特古停下了正在为考克布梳理毛发的手，愣了一会儿，突然又像是想起了什么，开始为库西鲁梳理毛发。她加快了双手的动作，仿佛是为了掩饰心中的动摇。

被阿特古抛弃的考克布沮丧地站起来，呆呆地看着阿特古和库西鲁面对面梳理毛发的甜蜜场景。

库西鲁一直是一个疼爱考克布的好叔叔。可是，考克布已经不是孩子了。随着他渐渐成长为可以独当一面的青年，库西鲁心中泛起了一种类似于嫉妒的情感。在这个家族中，库西鲁只能和阿特古这一只雌性亲近，互相梳理毛发。迪鲁允许他和阿特古亲近，至于其他的雌性，库西鲁甚至不能坐在她们的附近。在这样的情况下，库西鲁无论如何也无法忍受一个青年雄性和阿特古亲昵地互相梳理毛发。

虽说如此，库西鲁和考克布的关系原本就非同一般，当他被迪鲁呵斥时，考克布总是会介入其中帮助他。库西鲁的心情十分复杂，纠结了一番之后，当他看到年轻的考克布浑身散发着意气风发的男子气概时，终于做出了驱逐考克布的行为。随后，库西鲁和阿特古为了掩饰自己的难为情，拼命为对方整理起毛发来。

"啪！"考克布心中似乎有什么东西断了。他感到有一股强烈的决心像新鲜的泉水一样涌出来，他决定要彻底斩断一直以来的那份羁绊。考克布迈着欢快的步伐，朝雄性军团跑去。

从那天起，考克布成为雄性军团的一员。三个月后，首领吉布从群落消失了。或许是因为无论怎样努力都无法成为首领，所以他放弃了，去寻找别的群落了。几天后，继吉布之后，哥哥德梅纳也离开了群落。

十岁的尼法斯当上了雄性军团的首领。尼法斯与不拘小节的吉布不同，他是个精悍苛刻的家伙。七岁的布达来自卡达群落，他狡猾，爱刁难人，却也会突然变得很热情。接下来是六岁的比查，是赛玛伊家族雌性首领的孩子，性格温和老实，并不像他的母亲。新加入的成员是考克布和他的朋友菲莱斯。雄性军团里五只狮尾狒齐集，形成了强劲态势。

雄性军团虽然属于艾米艾特群落，却不受群落约束，常常外出，即便出去远行一周左右不回来也不稀罕。

雄性军团的关系十分融洽。尼法斯最强大，是集团的首领，这一点无可争议。不过其余四只狮尾狒的等级并不明显。当然，不同年龄的狮尾狒在体格上有差异，如果打一架肯定能决定出等级，可是他们从不打架。在雄性军团里，只有首领的地位是清晰的，其余成员都是同级对等的关系。

这在猴科动物中是十分少见的。大多数猴科动物，只要有两只以上聚在一起，就一定会区分出等级。尤其是雄性，攻击性强，所以在雄性军团内部必定会有森严的等级。等级制这种社会秩序会缓和雄性之间的攻击性，抑制彼此间的对立，让集团生活成为可能。

那么，雄性狮尾狒难道没有攻击性吗？并不是这样。在首领争夺战中，他们激烈战斗，甚至会身负重伤，由此可见狮尾狒具备很强的攻击性。然而，他们的攻击性之所以在日常生活中并不明显，是因为他们有十分发达的遏制攻击性的行为。

其中的一种行为就是梳理毛发。雄性军团的成员常常互相梳理毛发，这是表示友爱之情的行为。而且并不只是弱者给强者梳理毛发，在这个行为上两者的关系是对等的。当两只狮尾狒开始梳理毛发时，会交替为对方梳理多次，或者双方同时为对方梳理。

爬跨行为也是如此。在首领和第二雄性这种等级森严的关系中，爬跨行为被用于确立等级。首领跳上第二雄性的屁股，展示自己的优势地位。然而，在雄性军团这种没有明确等级的集团里，狮尾狒们会相互进行爬跨行为。布达骑上比查的屁股后，接下来比查会骑上布达的屁股。这种行为会重复进行三四次，看上去就像是一种游戏。狮尾狒会将这种确立等级的行为当作玩耍的手段，成功地创造出一种新型伙伴关系。

进入青年期的雄性都梦想着在将来的某一天能当上首领。可是，首领并不是任何狮尾狒都能当的，这条道路十分艰险。一个家族，规模小一点儿的有一只雄性和一只雌性，规模大的甚至有十二只雌性。雌性的数量平均有三至四只，大约三至四只雄性里才有一只能够当上首领。如此一来，有的雄性一生都当不上首领。

雄性军团里汇聚了一群胸怀凌云之志、想要当首领的血气方刚的年轻狮尾狒。他们平日里悠闲度日，看起来像是一群闲人，其实却在等待着重大任务的降临——向家族发出挑战。

他们看似悠闲，却一直虎视眈眈地留心观察着哪一个家族有可乘之机、首领的力量如何，而且每天都会挑战一个家族。

清晨，群落从萨哈的悬崖上爬上来，晒了一会儿太阳，便散落到草原四处了。尼法斯军团在群落附近互相梳理了一阵毛发，随后，尼法斯霍地站起来，精神抖擞地跑了起来。四只年轻雄性也跟在他身后，排成一列前进。

尼法斯今年十岁，已经成年了，从脖子到肩膀的蓬松长毛随风飘动，闪着银光。他双脚轻轻点地，脚步十分轻盈。

今天的目标是哪个家族呢？考克布不禁兴奋不已。一想到有可能是迪鲁家族，他的心情就不由得沉重起来。迪鲁家族是自己出生成长的家族，考克布对它十分眷恋。但是，现在他已经成了雄性军团的一员，自己出生的家族也会成为侵占的对象，迪鲁、库西鲁都成了竞争对手。如此一想，考克布的心情变得无比复杂。

考克布抖动了一下身体，甩了甩长长的尾巴，绕着雄性军团跑了起来。要鼓起勇气，振作起来！你已经是一个独当一面的战士了——考克布如此说服自己。他将遮挡在心头的那层灰色雾霭吹散了。

尼法斯的目标是阿法家族。这是个由七只狮尾狒组成的小家族，除了首领阿法，还有两只成年雌性、三只小狮尾狒和一个小崽儿。尼法斯一直在想，如果攻击这个小家族，首领或许能够乖乖就范。可是，他们总是在群落中心地带活动，攻击起来不太容易。不过，今早阿法家族却跑到了群落的一角。决不能放过这个绝好的机会！

尼法斯毫不犹豫地径直跑向阿法，其他的雄性们在他身后排成一排跟了过来，胆小的菲莱斯殿后。

阿法早就觉察出自己被盯上了，他用两只后足直立起来，眺望着雄性军团。"糟了，那些家伙冲着我来了！"阿法从喉咙深处发出一声怒吼"咕嗷——"，随后向雌性们发出呼唤："呜哎，呜哎！"正在摘草的雌性们最初并没有当回事，只是回应了一声"呜"，不过她们终于觉察出阿法声音里不同寻常的紧张，便急忙聚集到阿法身边。

尼法斯带领着一队人马包围了阿法家族。尼法斯没有出声，他将匍匐的身体向前探出，狠狠瞪着阿法。阿法十分兴奋，绕着雌性们转来转去，向其他家族的首领投去求助的目光。

动了真格威胁阿法家族的只有年龄较大的三只年轻雄性。考克布和菲莱斯只是学着大家的样子，他们并没有想要成为首领的野心。不过，考克布感到有一股从未体验过的勇猛充满了全身。

阿法焦躁起来，他独自走上前来，与尼法斯正面对峙。尼法斯被他的气势压得后退了一步，不过仍旧叉开四肢用力撑住地面。两只狮尾狒都将自己的脸正对着对方的脸，可是他们却错开视线，并不互相瞪视。

这也是狮尾狒对决的有趣之处。阿法和尼法斯的力量不相上下，在气势的比拼上，两人不分伯仲。当双方力量对等时，不看对方的眼睛，这就是他们的战术。如果双方互相瞪视起来，攻击欲望就会越来越强烈，如此一来就会抑制不住冲动，将一切抛到脑后，突然向对方发动攻击。对方也会正式接招，这就变成了真正的战争。而最终的结果是，双方都会受伤。如果打个平手还好办，但如果有一方失败了，那么后果将无法挽回。而最明智的做法就是事先避免招致如此愚蠢的后果。

阿法鼓起勇气，嗒嗒嗒地快步冲向前。尼法斯后退了两三步，作为防守，他用右手拂了一下前面。比查将嘴唇向上翻起，露出白牙。这个动作表明了他的胆怯：我认输了，停战吧！

雌性和孩子们紧紧抱在一起，随时都可能有雄性过来把他们抢走。然而，正处于青春期的雌性狮尾狒西加突然跑了出来，在周围转悠起来。考克布见状凑了过去，他并不想抢夺西加。他的心中还残存着少年的想法，想要和西加做朋友。

可是，在如此紧迫的情况下，这样做是违反规则的。阿法感觉到了危险，瞬间便做出了决定。他使出全身力气发出巨大的威吓声，然后便朝着比查猛冲过去。比查向后猛跑，闪过阿法的身体，而与此同时，阿法大吼着猛跑起来。尼法斯和年轻雄性们立刻追了上去。间不容发，另外两个家族的首领阿莱特和温兹也追了上去。狮尾狒们都在大声咆哮，安静的草原上回荡着可怕的号叫声，犹如雷声轰鸣。

考克布虽然有些不明就里，但还是紧跟在尼法斯身后，大声号叫着。在他的身后，身材魁梧的阿莱特和温兹紧追不舍。一旦被抓住，考克布肯定会被他们那和小指一般粗的锐利獠牙撕裂的。

两位家族首领追出了三四十米之后便不再追了，他们快步回到了各自的家族。又跑了几十米，尼法斯也停止了追击，雄性集团聚在硕莲的树荫下，全神贯注地梳理起毛发来。

阿法侧目关注着这幅场景，将尾巴高高翘起，做出一副胜利者的姿态，不慌不忙地朝着等待自己归来的家族跑去。刚一回到家族，他就横躺在了雌性的面前，似乎很是疲惫。两只雌性发出了低语般的叫声，像是在说"您辛苦了"，然后拼命地给阿法梳理起毛发来。

灿烂的阳光倾泻在青草上，清澈透明的天空里，两只鹫一动不动，就像是贴在蓝天上的两个黑点。艾米艾特群落的狮尾狒们快速移动他们那如剪刀般锋利的手指，割下青草放入口中。那场骚动已经被风吹得无影无踪，草原上仿佛什么事都没发生过，又恢复了之前的宁静。

雄性军团对家族的挑战，最初对考克布来说是令他两腿发软的刺激体验，可是重复多次之后，他就完全适应了。瞬间爆发的进攻，命悬一线的战斗，考克布已经充分享受了这种危险的挑战行为中包含的类似运动的快感。而且他也渐渐学会了作为一个雄性所必须具备的知识，例如每一位首领的实力到底有多强，首领们之间的合作方式和配合程度如何，等等。

考克布七岁了。

尼法斯一直拼尽了全力想要攻下一个家族，屡屡硬着头皮发动进攻。可是，首领们的防守十分牢固，他总是无法轻易得逞。

考克布与尼法斯脾气不合。尼法斯不是个坏家伙，可是他暴躁粗野，总是强人所难，这些方面考克布怎么也喜欢不起来。想来吉布还真是不赖呢，考克布心想。

和首领们之间每天进行的模拟战争渐渐变得无聊起来。每天都在重复同样的事情，索然无味的日子一天天继续着。"我要出去旅行。"考克布的心中开始浮现出这个想法，它就像火焰一样燃烧起来。世界很广阔，达尚峰的那一边还有山峰，那些山峰的那一边也有连绵的山脉。达尚群落有一个强壮的雄性军团，试着和他们在一起生活一下也不赖。一定还有许多许多有趣的事情，一定是这样。出发吧！

在一个晨星闪耀的早上，考克布心中抱着对未知世界的憧憬，离开了艾米艾特群落。

石楠

考克布归来

　　下冰雹了,草原上白茫茫的,一派冬天的景色。蓑衣草从白色地毯下钻出来,随风摇曳。点点绿色点缀在一片雪白之中,显得有些不协调。眼睛周围有一圈红色羽毛的鸽子匆匆忙忙地快步走着,仿佛被谁抛在了这片寻不到食物的冰原上。

　　灰白色的云彩从萨哈山谷里涌了上来,迅速覆盖了草原。突然吹来一阵强风,又把云彩赶回山谷里去了。在云彩消失的悬崖边缘,一只体格雄健的雄性狮尾狒正端坐在那里。

他小心翼翼地环视四周，然后迈着稳稳的步子走了起来。他前额上有些发白的毛发，长着长长腮须的，他正是考克布。

群落为了躲避冰雹，正在硕莲林里和岩石后面休息。考克布走过冰雹堆积的草原，脚下发出沙沙的清脆响声，朝群落走过去。眼前的一切都是那么亲切。小小的岩石，还有一旁生长的圆圆的白菊花丛，这些他从不曾忘记。对面小小山崖下的低洼处，如今是否仍有泉水流出呢？

考克布登上高高的岩石，俯视平原。他看到一片硕莲林，那里聚集着许多圆鼓鼓的褐色团块，那是艾米艾特群落的狮尾狒家族正在各自休息。

有十几只狮尾狒分散在草原上，正在用手扒开冰雹采摘青草。其中一只体形较大的雄性大踏步爬上岩石，远远看着考克布，做了一个翻唇的动作。这个动作和表示投降、顺从的翻唇不同，而是将上唇向上翻起一次并停留一会儿，露出粉色牙龈下的一排白牙，嵌在其中的长长的獠牙闪耀着寒光。这表示了极强的警惕心。

"那个家伙是谁？"考克布在记忆中搜寻了一阵，仍旧想不起来。做出这种行为的应该是第二雄性……当年考克布在的时候，群落里的第二雄性是库西鲁和阿莱特家族的贡奇。很显然，这个家伙既不是库西鲁也不是贡奇。

考克布离开艾米艾特群落五年多了。这期间，群落一定发生了许多事，群落成员也有了大幅度的更新换代。大部分雌性成员他还都认识，不过首领大概都换成了新首领吧，雄性军团里也都是新面孔了吧？

"呜呀——！"考克布听到一声刺耳的号叫，一只四岁的年轻雄性正从对面的岩石上看着他。突然出现了一只体格雄壮的陌生雄性，他自然要通知大家提高警惕。硕莲下的团块散开了，跑出来两三只首领狮尾狒。"糟了，我得赶快撤了。"考克布迅速转身，跳下岩石。那一瞬间，有一只雄性在他的视野中闪现了一下，是阿莱特。"原来他还在。"如此一想，考克布突然沮丧起来。"那耐奇怎么样了？还活着吗？要是还活着，年纪也很大了……"

经历了漫长的流浪之后，考克布又回到了他出生的故乡。他原本可以留在某个群落，加入雄性军团等待时机，这样迟早他能够当上家族首领。可是，他没有选择这条路。在他当自由狮尾狒的那些孤独的日子里，内心就像有寒风吹过般孤苦寂寞，这加剧了考克布的思乡之情。

回来以后，他又看见了熟悉的岩石、硕莲林、横断草原的小小悬崖和下面的泉水——所有一切都和五年前考克布生活在这里时一模一样。不过，群落的情况似乎发生了很大的变化。不管是从刚才那只第二雄性害怕的样子来看，还是从年轻雄性发出的警戒信号来看，都说明考克布被他们当作了陌生的外来者。如果他突然现身，有可能会招致大家的反感，反而不接受他了。

考克布在岩石后面梳理了一会儿脚上的毛发，让自己焦急的心情平复下来。然后他慢吞吞地站起来，一面留意着四周的动静，一面迈开了步子。

雨季结束了，旱季开始了。在雨季连绵雨水的滋润下，草原迅速换上了鲜艳的绿装。此后，狮尾狒们将会度过一段平静祥和的日子，每天都有温暖的阳光和富足的食物。这个季节，狮尾狒们的情绪会比较平和，争执也会很少。过一阵子，到了旱季快结束的时候，青草会越来越少，他们也会变得沮丧。到那时，想要让他们接受自己就变得很困难。考克布正是考虑到这一点，才选择在旱季开始的时候返回故乡。

从悬崖下面吹上来的云朵令人难以置信地一下子消失了，阳光从万里无云的晴空倾泻下来。堆积在草原上的冰雹开始融化了，大地湿漉漉的，到处都是小水坑。考克布低头喝了几口水。凉凉的冰水从喉咙流入腹部，冰凉的感觉渐渐扩散开来。

有狮尾狒从后面走过来了，双脚轻轻踩在青草上发出的声音令考克布紧张起来。

"嗷，嗯咕。"——考克布听见了一个从喉咙深处发出的粗粗的声音。那声音在向他打招呼：喂，好久不见了！是我啊！

考克布的心中仿佛照进了一缕阳光，一下子亮堂堂的——是耐奇的声音。

考克布回过头，看见耐奇端坐在眼前，耐奇头上的毛发、腮须和肩上的长毛都已经彻底变白了。

"嗯嘎，嗯嘎，嗯咕——"考克布发出了喜悦的叫声，嘴巴一张一合——耐奇叔叔，您竟然还记得我！我真是高兴！

考克布走近耐奇，频频发出"嗯咕，嗯咕"的声音，伸出了脖子。耐奇发出"嗷"的叫声，用右手摸了摸考克布的脖子：是想让我给你梳毛吗？快快躺下吧。

耐奇为考克布梳理了脖颈上的毛发，接着拨开了考克布肚子上的毛。考克布仰面朝天，闭上了眼睛。肚子是狮尾狒的要害部位，向对方露出肚子是一种毫不设防的姿势，只有在父母与子女之间同等信赖的关系中才会出现。

耐奇为考克布梳理了一会儿毛发，接着考克布又为耐奇梳理毛发。他们一次次交替着为对方梳理毛发，以此来表达重逢的喜悦。

考克布告别了耐奇，向群落靠近。他站在一块小小悬崖的高地上，眺望着分散在草原上觅食的狮尾狒们。他必须知道现在是怎样的雄性当上了首领，以及他们都组成了怎样的家族。

群落里增加了一个家族，现在是八个家族了。考克布认识的首领有赛玛伊和提拉——他们以前就在，还有取代阿法成为新首领的尼法斯。而且，令考克布吃惊的是，温兹家族的新首领竟然是当年的孩子王特库拉。看到这幅场景，考克布在心里笑了。"这个家伙果然能干！"考克布不禁发出如此感慨，很是欣喜。

至于阿特古——最初她躲在草丛后面，考克布没有看见。过了一会儿，考克布看见一只雌性从草丛里走了出来。没错，那就是阿特古。阿特古身边有一只幼崽正在吃草，是一只两岁大的雄性，这应该是考克布的弟弟了。迪鲁已经不在了，家族换了新首领。

库拉变得又老又瘦，连动作都迟缓了。她的女儿拉姆似乎继承了雌性首领的地位，正坐在新雄性首领丁该的身旁摘草。丁该身材魁梧，给人感觉沉稳庄重。拉姆和贝古看起来也很健康，此外还有一只年轻雌性。考克布仔细辨认了许久，那应该是他当年的玩伴贝加，都说女大十八变，考克布几乎都认不出来贝加了。他的目光搜寻着乌哈的身影，可是没有找到，或许是死了吧？虽然首领换了，可是看到阿特古等雌性都还健康地活着，考克布总算松了一口气，心里感到无比舒畅。

群落里有一只名叫马布拉特的自由雄性，考克布很快就和他成了好朋友。不过三天来，考克布大部分时间都是和耐奇在一起度过的。

他曾经试着靠近阿特古。阿特古似乎吃了一惊，她的嘴巴有节奏地嚅动着,轻轻发出"呜哎,呜哎,库嗷咿"的叫声,意思是:啊,是你啊!你这些年都去哪里了?我可爱的孩子啊!

阿特古还记得他!考克布高兴得不得了,不禁叫了一声:"嗯咕!"

"糟了。"考克布心想,他看见丁该从对面跑了过来。考克布翻起上唇,表明自己没有敌意,然后迅速逃走了。

雄性首领跑到阿特古身边,连续发出"嗯咕,嗯咕,嗯咕"的叫声,绕着阿特古小步快跑了两三圈。然后,他坐在阿特古面前,发出一串复杂的叫声:"嗯咕,咕呢啊,咕呢啊,咕呢啊……咕啊嗯——"随后打了个大大的哈欠。两颗像尖刀般锐利的獠牙在血红大嘴中闪了一下——喂,怎么回事?你可不许见异思迁啊!我不是早就说过,不许离开我半步吗!

阿特古有些惊慌失措,做出一副要哭的表情,这就相当于对丁该说:"对不起!"

自那以后,考克布只要一靠近家族,丁该就十分紧张,阿特古对考克布也是形同陌路,完全无视他的存在。其他的雌性应该都认识考克布,不过她们也都佯装不知,或许是装作漠不关心的样子吧。

年轻的自由雄性芬塔似乎对考克布很感兴趣,常常过来玩耍。芬塔五岁,这让考克布回想起离开家族时候的自己，所以他十分疼爱芬塔。

来到这里后的第五天，考克布决定在以前经常过夜的萨哈悬崖休息。群落下到东边的悬崖底下了。芬塔跟在考克布身后跑了过来，两只狮尾狒找到一片生长在悬崖上的蓑衣草丛，坐了下来，开始为对方梳理毛发。

晚霞染红了天空。西方地平线上飘浮的群山形状的灰色云朵镶上了一层金边，太阳正一点点沉落到云山的峡谷里。突然，一声尖锐的"哗呦——"声划破长空，三四十只鸽子组成的鸽子群从他们头顶飞速掠过。

对面，四只瓦利亚野山羊正在横穿悬崖，长着巨大犄角的雄性走在最前面，母亲和孩子跟在后面。"也不知那个家伙怎么样了？"考克布心想。他说的是少年时代离家寻找康娇时遇见的野山羊，当时他险些被冻死，是那只野山羊救了他。

说起康娇，她现在完全成了一个成年雌性，已经是两个孩子的母亲了。家族的首领也不再是阿莱特，换成了一只毛色发黑的小个子雄性。他虽然个子不高，不过浑身长满了结实的肌肉，那敏捷的身手的确是只有年轻首领才具备的。

清晨，浓雾弥漫了山谷。考克布和芬塔等雾散去后，开始攀爬萨哈悬崖。爬到距离上面的低洼地还有几十步之遥的时候，山谷中突然回荡起骇人的吼叫——是雄性军团和首领交战的声音。

雄性军团不知去哪里远征了，考克布一直没见着。现在看来他们是昨天傍晚时分回来后驻扎在群落附近，今天一早就对某个家族发动了威吓攻击。

考克布和芬塔开始加速攀爬。爬上去之后，芬塔便全速朝着骚动发生的方向跑过去了。考克布则迈着稳健的步子，从容不迫地走了过去。

骚动出人意料地早早结束了。从声音判断，雄性军团的对手像是只有一位首领，其他首领没有加入进来帮忙，这说明雄性军团的力量并不强大。雄性军团的声音听起来朝气蓬勃、威武雄壮，但是威慑力不够。雄性军团都有着怎样的成员呢？考克布想象着和他们见面的情景，一步一步地朝雄性军团走去。

雄性军团正凑在草丛里梳理毛发，这是战争结束后的小憩。

发现考克布的身影后，雄性军团成员德古用两只后脚站起来，将上唇朝上翻卷了起来。随后他有些不安地瞥了一眼首领吉拉特，低吼了一声："咕嗷！"他在考克布和吉拉特之间轮番看了三四次之后，像是看见了什么可怕的东西似的，手忙脚乱地给年轻的卡伊梳理起毛发来。

吉拉特甩开贝莱德那双为他梳理毛发的手，毅然决然地站了起来。当他看见缓缓走来的考克布的身影时，迅速跳上目瞪口呆的贝莱德的屁股，扭了几下腰。贝莱德苦着一张脸,似乎很为难,嘴巴一张一合。

吉拉特今年八岁,青年期即将结束,肩上的长毛和腮须都长到了成年狮尾狒的七分长,是个精神抖擞的雄性。他一看见德古惊慌失措的行为,就感觉到有陌生雄性向这边靠近了。

"是个厉害的家伙,绝非寻常之辈啊!"只瞥了一眼,吉拉特就明白了。映入吉拉特眼帘的是一只体格雄壮的雄性,他丝毫没有流露出恐惧之情,迈着威风凛凛的步伐,径直朝这边走来。一阵触电般的冲击闪过吉拉特体内。困惑、恐惧和赞叹的心情在吉拉特的内心交织,为了消除这种复杂的心情,他才对贝莱德做出了爬跨行为。

考克布目不斜视,径直走向雄性军团。垂在脖子上的厚厚的金色毛发随风飘动,在清晨新鲜的阳光下熠熠生辉。

考克布已经准确掌握了雄性军团的动向。首领的确是个勇士,不过他还太年轻。雄性军团总共有五只狮尾狒,虽然有一只没太看清楚,不过总体来说都很年轻。考克布从攻击的声音中做出的判断一点儿没错。既然如此,他们就都不是他的对手。

随着考克布渐渐靠近,雄性军团的动摇愈发明显了。吉拉特四肢撑地,与考克布走来的方向呈四十五度角站好,频繁地晃动着尾巴。吉拉特的尾巴在距离尾巴尖约十厘米的地方突然扭曲了。他以前打架时尾巴被咬伤过，那里的骨头被咬断了。其余的四只狮尾狒则两两一组梳理起毛发来，仿佛是为了掩饰内心的不安。

走到距离雄性军团几步之遥的地方后，考克布停住脚步，坐了下来，打了个大大的哈欠。两颗发达的獠牙就像闪亮的利剑，在早晨的阳光中发出刺眼的光芒。这是考克布在展示他的力量，同时也起到了轻微震慑的作用。

考克布发出"嗷，嗷，嗯咕"的叫声，突然闯入了惊慌失措的雄性军团里——喂，兄弟，交个朋友吧！

考克布摸了摸紧张兮兮的吉拉特的后背。吉拉特翻起上唇，做出恭顺和恐怖的表情。考克布为紧绷着身体站立的吉拉特梳理起后背的毛发来——这就对了，不用这么紧张嘛，放松。

强者欺负弱者或逞威风，是很简单的事。可是，那样做只会使下面的人生出反抗心理，表面顺从，内心却完全相反。成为朋友，首先要建立起信赖关系。吉拉特在军团中是前辈，所以考克布为了表示自己的敬意，主动向他打招呼。

雄性军团的狮尾狒们很快就认可了考克布的力量，毕竟在年龄上考克布比吉拉特大四岁，体格方面也有优势。就这样，考克布轻而易举地当上了雄性军团的首领。

巩固了自己在雄性军团中的地位以后，考克布开始摸索如何才能当上家族首领。跟着群落的时候，他每隔

两三天就会发动一次战争，试探家族首领的实力。首领们的实力都很强，若是漫不经心地发动进攻，最终一定会失败。况且，考克布加入雄性军团的日子尚浅，到了关键时刻他们会帮他多少？考克布对此并没有信心。不急，欲速则不达。

考克布军团常常离开艾米艾特群落去远征。以考克布为首的六只雄性狮尾狒再加上芬塔，共计七只狮尾狒组成了一个强大的草莽军团。

一天，考克布军团长途跋涉来到了达尚峰。下到津巴山谷后，他们发现了一棵石楠树。狮尾狒们在溪涧里喝完水，便在石楠树荫下休息起来。石楠树上挂着一簇簇淡紫色的花串，散发出好闻的香气。石楠和硕莲不同，它那细细的针叶和花串将太阳挡了个严严实实，树荫下十分凉爽。不过，这种地方却不能久待。这里远离大悬崖，十分危险。休息了一会儿之后，考克布便下令出发了。

从这里开始，地势突然变陡了。不过，在险峻的坡道上行走对狮尾狒来说轻而易举，完全不在话下。他们穿过了盛开着黄色小花的小连翘属灌木林，在考克布身后排成一列向前行进。

达尚峰上有一块平缓的巨大台地，上面生长着一片极好的草原。放牛少年那悠远的歌声随风飘荡，放牧的牛羊如无数的星斗散落在草原上啃食青草，好一派恬静的风光。

考克布没有看到达尚峰的群落，不过从风中传来的微弱叫声判断，他们似乎在丘陵对面的草原上。这里生长着大量早熟禾，早熟禾是仅有三四厘米长的禾本科植物，每棵植株上都长满了密密的细叶，叶子柔软又略带甜味，是禾本科植物中最好吃的一种。不过早熟禾不耐干旱，在旱季到来时最早枯萎的也是它。考克布和同伴们找到了一片早熟禾，高兴地吃了起来。

丘陵的斜坡上是一片混杂着枯草的新绿，那里突然陆续出现了一个个黑点。考克布用两只后足直立起来，十分谨慎地关注着那些黑点的动向——是九只雄性，其中有两只长着威风凛凛的披肩长毛和腮须，一定是达尚群落的雄性军团成员。

考克布军团排成一列纵队向达尚群落靠近，隔着四五十米远的距离开始采食青草。为了表明自己并没有敌意，他们采取了十分平常的动作。

达尚群落的雄性军团也在采食青草，他们一点儿一点儿向考克布军团凑了过来。没多久，两个雄性军团之间便弥漫了充满敌意的紧张感。

达尚军团的首领布莱德起身向考克布军团走来，这个行为是个信号，其余八只雄性顿时进入了攻击状态。考克布军团也立刻做出了迎战的姿态，两个雄性军团燃起了斗志，僵持不下。

布莱德接连发出"呼嗷"的愤怒叫声，其余的雄性也纷纷立起白眉，发出威吓的叫声。考克布军团也不甘示弱地应战了，两个军团冲着对方咆哮着、瞪视着。

说是咆哮，却也不是动真格打架的那种咆哮，而是一种吼叫大赛。布莱德他们吼一声："你们为什么跑到这里来？这里是我的地盘！"考克布他们便会回答："有什么不可以的？我们不想和你们打架，只是想来看看这里的情况。"

用不了多久，其中一方便会停止进攻，随后两队人马便去摘草吃或梳理毛发去了。这就意味着："我知道了，咱们和平共处吧！"

考克布军团跟着达尚群落的雄性军团登上山冈，看见下方的草原上散布着许多狮尾狒家族。因为达尚群落有时会来艾米艾特山，所以考克布已经掌握了这个群落的大致情况。不过两个群落会合后就变成了一个庞大的群落，所以无法掌握整体情况。而现在没有了那种会合时的紧张感，考克布可以从容不迫地眺望群落的全貌了。大约三百五十只狮尾狒组成的庞大群落的确拥有不容分说的雄壮威容。

群落里究竟有多少个家族呢？考克布看见有大量的成年雄性在分散觅食，他们应该是雄性首领，也就是说至少有和这些雄性数量相当的家族。如果有这么多的首领,那么要想知道每个首领的实力如何,就得需要大量的时间和经验。即便是想要挑战首领,可由于不知道该选择哪一位首领,所以挑战也就无从谈起。考克布被眼前这幅壮观的景象所折服,绞尽脑汁地思考着攻下这个巨大群落的方法。

当天晚上,考克布军团在群落附近过了夜。军团被庞大的群落震慑到了,紧张感一直没有消除。年轻雄性们紧紧聚在一起,相拥入眠。

第二天早晨,他们靠近群落,边观察情况边觅食。这时,一只雄性朝考克布军团跑了过来。他的毛发已经失去了光泽,垂在背上的毛发乱蓬蓬的,脚步软弱无力。

那只雄性靠近考克布军团后,频频发出叫声。"嗷,嗯咕,嗯咕"——是我啊!听出来了吗?是我啊!

贝莱德一脸茫然地看着那只雄性,仿佛在说:"你究竟是谁?"

其他的雄性也都以为来了个莫名其妙的老糊涂,唯有考克布听到那个声音后吃了一惊。不过,他没能立刻弄明白自己为什么吃惊。当那只雄性发出"嗷呜咿"的叫声时,考克布的大脑似乎被电击了一下。

"是库西鲁。"考克布毫不犹豫地断定。他不会忘记,叫声最后上扬的"咿",千真万确就是库西鲁的声音。

和库西鲁分别后,已经过了多少年了?考克布想起了过去的种种,眷恋之情像泉水般从心中涌出。然而,考克布熟悉的那张稳重柔和的脸庞不见了，这张又瘦又黑、布满皱纹的脸上，流露出长年来饱经风霜的辛苦。在他消瘦憔悴的面容里，再也看不到当年那个最受少年考克布依靠和信赖的库西鲁的影子了。

考克布和库西鲁太高兴了，坐着相拥在一起，不时翻起上唇，嘴巴很快地一张一合。然后，考克布发出一连串意思丰富的叫声："嗯咕，嗯咕，嗯咕呢咕呢……"接着又拖着粗粗的鼻音，"嗯咕啊嗯——"地打了个大哈欠，意思是：太好了！太好了！终于见面了！我真高兴。实在是太高兴了！今后我们要永远在一起！

库西鲁加入后，考克布军团成员变成了八只。虽说库西鲁体力虚弱，但是经验却很丰富。考克布军团又变强大了，他们已经可以和布莱特军团抗衡，也能够向弱小的家族发动威吓进攻了。

考克布率领着血气方刚的雄性们，准备向达尚峰的超大群落发动挑战。而与此同时，在另一个陌生的世界，一个骇人的事件已经策划完毕了。

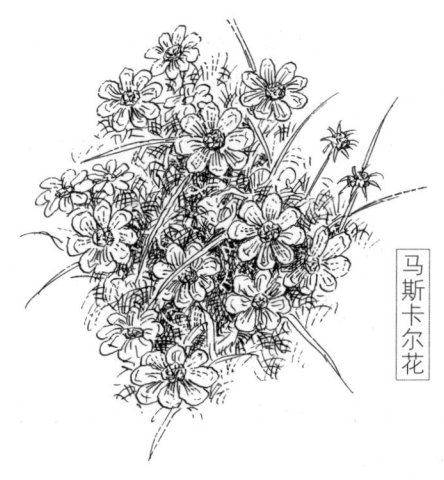
马斯卡尔花

偷猎

达尚峰长长的山脊下,有一座村庄,村子很小,只有六户人家。村民们在山脉的斜坡上开垦了田地,放牧牛羊。

埃塞俄比亚有许多民族,住在这里的是阿姆哈拉族。曾有很长一段时间,他们建立了王国并执掌政权,这些人是虔诚的基督教信徒。公元四世纪时,欧洲的僧侣将基督教传入此地,自那以后,与罗马天主教会无关的独立的基督教便在这里发展起来了。无论是在深山中多么偏僻的地方都有教堂。到了星期天，村民们会不顾路途遥远赶来做礼拜。有的女性甚至会在额头纹上十字架刺青。

翻越两个山谷赶来教堂的达尚村村民阿布多被教堂执事加莱依叫住了。

"阿布多，今年大麦的收成如何啊？"

"哎呀，不行啊！今年雨水少，而且还被津杰罗糟蹋了不少。"

阿布多露出谄媚的笑容，轻轻点了下头。在阿姆哈拉语中，津杰罗指的就是狮尾狒。

阿布多说谎了。雨水的确比往年要少，可是大麦的收成很好。不过，如果他说"收成很好"，对方肯定会说"那就多捐献一些给教堂吧"。所以，他才敷衍说："麦田都被津杰罗糟蹋了，几乎没什么收成。"

"是吗？那真是太遗憾了。不过，津杰罗会跑到你的田里去吗？"

加莱依的目光里充满了怀疑。阿布多的村子离悬崖很远，津杰罗应该不会跑来毁坏田地。

"哎呀呀，那些家伙都聪明得很呢！他们趁着天还没亮就跑过来，慌慌张张大吃一顿，一看见有人过来就一溜烟地逃走了。它们跑得那叫一个快啊，我们根本追不上！而且这些家伙一旦尝过了粮食的味道，就再也忘不了了，会一次又一次地跑来偷吃。真是没办法啊！看来我得好好祈祷，祈求上帝为我消灾啊！"

阿布多察觉出自己被怀疑了,不由得加快了语速,喋喋不休地说个没完。

"这可真难办啊!对了,我想到一个好主意,一个赶走津杰罗的好办法。"

加莱依说着,龇牙咧嘴地笑了起来。那扭曲的嘴角流露出的卑鄙与粗俗令阿布多心中不悦,但他觉得或许值得一听,便劲头十足地凑上前去问道:

"是什么主意?只要是我能做到的,我什么都干。"

"马斯卡尔节很快就要到了,因为是一年一度的盛大节日,到时候一定要隆重举办。不过,现在有一件棘手的事,我们还缺一个津杰罗的脑袋。想必你也是知道的,就是庆典上戴在村长头上的那个东西,它让老鼠给咬坏了,牧师也正在犯愁呢。要是你能把祸害你田地的津杰罗杀了拿过来,牧师的面子也能保全了,而且津杰罗也会吓破了胆,再也不敢到你的田里来捣乱了。岂不是一举两得?"

"嗯。"阿布多哼哼了一声,随后便陷入了沉思。

马斯卡尔在阿姆哈拉语中是"十字架"的意思。马斯卡尔节通常在雨季结束、田间工作即将开始的九月二十七日举行,是埃塞俄比亚基督教最大的庆典。这个时候,黄色的马斯卡尔花开得正灿烂,人们会把花朵扎成花束,女人们则会把花插在头发上欢庆节日。

教堂的大主教和牧师会穿上华丽的礼服,手拿祭祀用的手杖排成一排，在聚集的人群中行走。村长和长老们会穿上昔日的战士的行头，拿着剑和长矛跟在后面。这个时候，村长会戴上用津杰罗那长着厚实毛发的头部毛皮做成的帽子，那金色长毛随风飘动，确实能增添一军大将所应有的威容。

可是，那个用津杰罗毛皮做成的帽子却被老鼠咬坏了，如果缺了这顶帽子，祭神仪式就不成体统了。事实上，这顶帽子并非是被老鼠咬坏了，而是被缺钱花的加莱依偷偷卖掉了。加莱依必须补上这个洞，所以很巧妙地趁这个机会给阿布多设了个圈套。

阿布多一下子为难起来。津杰罗是政府指定的保护动物，是严禁捕杀的。不过，因为它的毛皮能卖个好价钱，所以偷猎行为屡禁不止。一旦被抓住肯定会坐牢，所以阿布多不想干这种活儿。他很想拒绝，可既然他已经说了"津杰罗跑来祸害田地"这样的话，事到如今也无法反悔了。若是他在教堂撒谎的事传了出去，一生都得背负着"骗子阿布多"的恶名，而且教堂一定会强迫他捐献粮食的。到底该选哪一条路？阿布多陷入了窘境。

"怎么样，阿布多？要是需要买子弹的钱，我给你出十比尔。这样的好事你上哪里找啊！"

帽子卖了二十五比尔，如果能用十比尔谈成这件事，那对加莱依来说就太划算了。

"好！我干！"

阿布多下了决心。达尚峰那里有许多津杰罗，那一带除了放牛的孩子几乎没什么人烟，应该不会有问题。就算被放牛娃发现了也没关系，毕竟是个孩子，花上个五十分（一比尔的一半）应该就能堵上他的嘴了。

阿布多拿着步枪，朝达尚峰出发了。津杰罗是十分谨慎的动物，只要一看到可疑的人影，立刻就会逃回悬崖。接近它们时必须十分小心，否则就会失败。

在大悬崖上方的草原上，津杰罗的大群落正在忙着采食青草。阿布多冷笑了一声，心中大喜。这么多津杰罗，可以任他挑选。该杀哪一个呢？他在心里这样盘算着，突然意识到自己看到的是最糟糕的场景。在这片开阔的草原上，他根本无法靠近津杰罗。那群家伙足足有三百五十多只，这就意味着有七百多只眼睛在监视着周围的情况。想要伺机靠近它们几乎是不可能的，再等等吧。阿布多在高高的草丛里趴了下来。

群落改变了方向，开始缓缓向西北方前进。阿布多将身体紧贴地面匍匐前进，慢慢地向群落靠近。

凑巧的是，群落是横向展开的，散布得很宽。距离悬崖最远、离阿布多最近的津杰罗家族用来当靶子再适合不过了。家族的后面紧跟着由八只雄性组成的雄性军团，把他们当作目标也是个不错的选择。

猎物必须是长着威风凛凛的厚密肩发和腮须的成年雄性，雄性军团里有两只雄性符合这个条件。可是仔细

一看，其中一只的毛发不够厚实并且没有光泽，所以要下手的话就得杀另一只。一时难以割舍。

"好，就打这只最近的家族首领吧，这可是只长着金毛的威武的雄性。这样一来，就能堵上加莱依的嘴了。"阿布多抑制住内心的激动，严阵以待。

被阿布多盯上的家族中的年轻雄性用两只后足直立起来，慌里慌张地四下张望了一会儿，忽然大叫一声："克咿！"——有情况！

雄性首领听到他的叫声后，立刻用两只后足直立起来，环顾四周。胸口的红色新月在阳光的照耀下闪闪发光，令人目眩。"真是个好货色。"阿布多看得入迷了。

他悄悄握紧手中的步枪，枪身在阳光下倏地闪了一下。几乎在同时，站起来的雄性首领突然朝着悬崖的方向飞奔起来。他的这个动作就像一根导火索，散布在草原上的狮尾狮们顿时一齐向着悬崖奔跑起来。

三百五十多只狮尾狮组成的超大群落扬起草叶和尘土，仿佛海啸般向悬崖奔去。"妈的。"阿布多咬着嘴唇，准备站起身来，放弃这次猎杀。可是他又迅速趴在了地上，他看见雄性军团向着与群落呈直角的西南方向奔跑起来。

考克布一直跟在群落南端的家族后面，他曾想试着威吓他们。家族的首领是个威风凛凛的壮年雄性，一定会迅速反击。不过考克布想看看事态会怎样发展，例如其他家族首领是如何协助的，一直待在另一个方向的雄性军团的动向如何，等等。这个想法在考克布的脑海里渐渐成形了。

然而，那个首领刚一站起来便向着悬崖一溜烟地跑去了，整个群落就像得到了信号一样，开始像汹涌的波涛一般涌向悬崖。

"有危险！得赶紧逃跑。"考克布立刻做出了判断。他没有选择群落跑向的那个悬崖，而是向着另一个悬崖狂奔而去。如果不这样做的话，军团就会冲进群落里，很有可能会发生预想不到的事情。

"嗯咕嗷！"库西鲁叫了一声，接着又发出"嗷呜，嗷呜"的低吼声，跑着转了两三圈。他那长长的尾巴在空中画着圈——快停下！往这边走！——库西鲁察觉到了，人类正躲藏在某处。既然是躲藏着不肯现身，就一定在盘算着什么邪恶的事情。这个时候怎么能从人类面前经过呢？考克布到底在想什么？太年轻了！他还是太年轻了！

库西鲁的担心很快就成了现实。"砰——！"一声巨响传来，考克布双脚前面的草地上升起一片飞尘。

一瞬间，考克布畏缩了一下。可是就在那个瞬间，他看到了藏在草丛里的人类的身影。

然而，现在他只能前进。考克布将全身的力量都倾注到双脚，正准备跃起的时候，又传来一声枪响，子弹擦过他的左半边脑袋,毛发飞散,鲜血喷了出来。考克布甚至来不及感到疼痛,他全速冲了过去。

"糟了,还是让他给跑了。"阿布多很不甘心。可就在这时,原本朝相反方向逃跑的殿后的一只雄性,却追着雄性军团跑了过来。

库西鲁本来想逃往相反方向,可是听到第二声枪响后他很担心考克布,便不顾危险追了过来。

"轰——"枪声响了。库西鲁翻了个身,又跳了起来,狠狠地摔在了地上。他那褐色的身体在地上蜷缩着,抽搐了两三下,终于安静了。四周被死亡的寂静所包围。

阿布多狞笑着站了起来。无数狮尾狒散布在草原上的情景已经消失得无影无踪,只剩下一簇簇茅草在随风摇曳。左边可以看见七只雄性狮尾狒连滚带爬地向着悬崖狂奔。

"嗯,这下加莱依应该能满足了。虽然算不上什么好货色,权且拿这个应付一下吧。"

阿布多自言自语道。他加快脚步,朝着横躺在草地上的那团褐色躯体走去。

阿拉伯狒狒

可怕的敌人

小雨季将要临近，天空中开始浮现出丝丝云朵，西方的天空飘着淡淡的灰紫色云彩，阴云渐渐靠近。青草都枯萎了，水也变少了，狮尾狒每天都在焦急地盼望着雨水快些降临。

考克布打算去西边看看。他觉得若是能靠近雨云，应该会发现一些绿地。

考克布军团翻越卡达山，抵达了台地的西端，那里有一条津巴河从悬崖落下所形成的大瀑布。雨季时，这条大瀑布会伴随着隆隆巨响跌下悬崖。如今旱季即将结束，它的水量也减少了，经过台地过滤后的清澈水流飞溅起雪白的水花，头朝下径直落下悬崖。

考克布在他的流浪生活时代，曾经来过一次这里，不过对其他雄性来说则是初次体验。雄性们看着生平第一次见的大瀑布，心中充满了感激与敬畏，呆呆地伫立在悬崖边上。

看着垂直降落的白色水流，考克布的大脑中浮现出一幅水流尽头长满了青草的情景。"下去看看吧。"考克布无法抵抗这样的诱惑。

"嗷呜，嗷呜，呜哎！"——兄弟们，下去看看吧！——考克布甩了甩长长的尾巴，又转了两三圈，催促大家动身。雄性狮尾狒多罗回应了一声"嗯咕"，站在了考克布身边。

其他雄性犹豫了，垂直落下的悬崖仿佛通向地狱的尽头。莫说是人类了，对一般的动物来说，那就是一道无法穿越的屏障。可是，对狮尾狒来说，爬下这道悬崖并不是什么难事。水流是顺着岩石流下去的，在水雾弥漫的山谷间似乎隐藏着一个未知的世界，雄性们的心中萦绕着一种无法言说的恐惧感。

考克布迈着坚定的步伐走向悬崖，爬下了大悬崖。另外六只雄性被他坚定的决心所鼓舞，也开始向下爬了。

大瀑布底下是瀑布潭，潭水四周生长着茂密的青草，简直是一片绿色的乐园，与上方的红褐色草原形成了鲜明对照。雄性们来到瀑布潭，放开肚皮将清澈的潭水喝了个痛快，然后便一头扑在了青草上。他们飞快地挥动着镰刀般的双手，拼命将青草塞进嘴里。

吃饱了以后，雄性们躺在草丛里，开始互相梳理毛发。四周一片宁静祥和，吃得肚子溜圆的狮尾狒们横躺在绿草地上互相梳理毛发，这是多么幸福的时刻啊！贝莱德和卡伊不禁打起盹儿来。

野玫瑰绽放着大朵大朵白色的花朵，蝴蝶落在像大绒球般的蓟花上吸食着花蜜。上方的草原上除了硕莲便再也找不出引人注目的植物了，与之相比，这里是多么富饶的一片土地啊！这里有享用不完的水和青草。在这里生活也不错呢，考克布心想。

树林晃动了几下，沙沙沙，一个黑白相间的物体伴随着响声，从绿色的草丛间横穿了过去。吉拉特吓了一跳，停下了正在梳理毛发的手，盯着那个神奇的物体看了起来。

把自己的毛发交给吉拉特梳理的考克布正在惬意地打着盹儿，他微微睁开眼，瞥了一眼传出声响的那片林子，只见一张周围长了一圈白毛的不和悦的黑脸正从茂密的绿叶中间向外张望。啊，原来是他啊。考克布以前在山谷里见过他，是猴子的一种，名叫黑白疣猴。

吉拉特对这个初次见面的奇妙动物十分警惕，不由得低吼了一声："咕嗷！"其他的雄性也都警觉起来，不再梳理毛发，而是看向树林。

　　黑白疣猴迅速转身跃起，在空中划了一个大大的圆弧，跳到了旁边的树上。他腹部和尾巴尖上的白毛闪着银光。接着，四只黑白疣猴陆续跳了过去，其中一只怀里抱着一只幼崽。雄性们被眼前这番不曾见过的神奇景象所吸引，不由得看呆了。

　　河谷溪流的两岸是绵延的森林，这里水资源丰富，因此生长了这种"河边林"。有一处的溪流变窄了，两岸都是悬崖。雄性军团一边享受着绿色，一边缓缓顺流而下。

　　傍晚，狮尾狒们为了寻找住处，向悬崖靠近。悬崖上传来高而尖的刺耳叫声，像是猫叫。几只黄褐色的兽类聚集在悬崖上，其中一只正站起身，一边朝雄性军团张望一边叫个不停。仔细一看，只见四周岩石的缝隙中都能看到这种家伙在探头探脑。"这是什么动物呢？"雄性军团警惕起来，停下了脚步。悬崖上有这么多没见过的兽类，在那里睡觉真的安全吗？

　　考克布像是没有看见其他雄性那怀疑的眼神，大踏步地向悬崖走去。这些动物是非洲岩蹄兔，他们只是有些吵，其实是很老实的。独自旅行的经验已经让考克布知道了这一点。雄性军团来到了岩蹄兔所在的悬崖上，这些小东西还在不停地叫唤，在岩石缝隙间跳来跳去。考克布军团就在这里过了一夜。

月亮十分明亮，青白色的月光照进悬崖，周围的景色隐隐浮现出来。吉拉特他们挤成了一个团儿，将身体紧紧依偎在一起。淡淡的月光下，可以看见非洲岩蹄兔蹦蹦跶跶地在岩石上跳动。"山谷里的动物可真不少啊，不过他们一点儿都不可怕。这里真是个好地方。"吉拉特这样想着，不知不觉睡着了。

清晨来临了，深谷中的阳光来得总是很迟。夜晚过得很舒服，这里气候温暖，不像上方的草原那样寒冷刺骨。不过，一直在极寒地带生活的动物突然来到像浸泡在温水中一般舒适的地方，身上那因为寒冷而紧张起来的肌肉就会松弛下来。再加上非洲岩蹄兔尖声吵嚷了一个晚上，这也让习惯了安静夜晚的狮尾狒们心烦意乱。而到了早上，小鸟们一大早就会喊喊喳喳地叫个不停，清晨悠闲宁静的空气就这样被他们破坏了。虽然青草茂密这一点令狮尾狒们十分高兴，可是有这么多的动物在，反倒令人腻烦。看来世界上根本不存在十全十美的地方。

考克布打了个大大的哈欠，伸展完身体后弓起背，呼地长舒了一口气。他的脑海中瞬间闪过了"差不多该回去了"的念头，不过最后还是无法抗拒美味青草的诱惑。考克布军团又出去觅食了，然而考克布却没想到，美食的诱惑却引发了一个出乎意料的事件。

那一天，考克布和兄弟们填饱了肚子，便早早返回了悬崖。在陌生的土地上行动总归有些不安，况且已经吃饱了，所以他们想在悬崖上好好休息。

傍晚时分，太阳开始西沉了。这时，从西方随风传来了奇怪的声音，是"扑——扑——"的低吼声。随后安静了一会儿，很快又听见了那个吼叫声，紧接着便听到"克呀——克咿——"的惨叫声。"那是什么？"考克布判断不出声音的来源，四下张望起来。吉拉特他们似乎也听见了那个声音。吉拉特用两只后足站立起来，使劲盯着声音传来的方向。

夜色降临，那个声音也渐渐消失了。不过很明显是从考克布他们过夜的悬崖的半山腰传来的。"克呀——"的惨叫声和雌性狮尾狒的声音十分相似，说不定是狮尾狒的群落居住在这里。

可是，那个"扑——扑——"的吼叫声绝对不是狮尾狒的声音。居住在悬崖半山腰的动物只有狮尾狒和瓦利亚野山羊，可是瓦利亚野山羊是不可能发出那种声音的。考克布他们有些心神不宁，不过只要待在岩石上就不会有危险。

"吼，吼。"猫头鹰开始叫了。"吼，吼，呼——吼，呼——呼——呼——"是非洲林鸮的叫声。月亮躲进了云彩，夜色更浓了，似乎只有声音在夜空中飞来飞去。"卡达山下的石楠树上也有这种非洲林鸮呢。"想到这里，考克布觉得又见到了老朋友，心情稍稍平和了一些。

昨天晚上考克布睡得很晚，所以今天早上彻底睡过了头。黎明时分，那个"扑——扑——"的声音远远传来，正在睡梦中的考克布并没有理会。看来住在悬崖上的那群神秘动物今天一早就出去远行了。

就在狮尾狒们大口大口地吃青草时，那个"扑——扑——"的声音再次从远处传来。如果竖起耳朵仔细听，有时还会听到"嘎——咕啊"的可怕叫声和紧随其后的惨叫声。

考克布对那个声音很是介怀，想要一探究竟，便朝着声音传来的方向走去。精力充沛的冒失鬼卡伊跳了出来，朝声音的方向跑了过去。

不一会儿，卡伊跑回来了。

"呜咿，呜哎！"他轻轻叫了两声，摇了摇尾巴——快来！我发现了有趣的东西。

考克布和其他狮尾狒蹑手蹑脚地加快了脚步。

在灌木丛里，有一只灰色的动物。"咦？这不是一只雌性狮尾狒吗？"考克布紧绷的神经因为好奇心而松懈下来，他放慢了脚步。

那只雌性注意到了考克布军团，迅速逃进了草丛中，又突然站起来看了一眼考克布他们，然后很快消失在了草丛中。

"呜咕嗷！"——真奇怪——考克布嘟囔道。如果是雌性狮尾狒，胸口那里应该有一块红色的裸露皮肤。虽然只有一瞬间，不过考克布确实看见那只雌性的胸部并没有那块红色，而是长满了与腹部毛发相同的灰白色毛发。考克布还以为自己看错了，便看了看吉拉特。吉拉特也是一脸迷茫，应该是和他一样的想法吧。

岸边渐渐宽阔起来，出现了一小片草原。刚才的雌性正在那里捡拾什么东西吃，因为她蜷缩着身子，所以看不见她的全身，不过背影与狮尾狒极其相似。

卡伊利用草丛做掩护，悄悄凑了过去，不过却在距离那个雌性几米远的地方被发现了，雌性"克咿"地叫了一声，向他龇出了牙。果然和刚才看见的一样，她的胸前并没有红色的标记，脸也不像狮尾狒那样黑漆漆的，而是暗淡的颜色。"这个家伙是什么动物？好奇怪。"考克布正在想着，突然从对面茂盛的荆棘丛中蹿出来一只庞大的雄性。

考克布他们吃了一惊，不由得向后退去。眼前这只奇怪的猴子他们从未见过。细长的脸和突出的下巴与狮尾狒十分相像，可是脸部的颜色是粉色，脸上的皮肤似乎一挠就会破。从头部到脸颊长着厚密的白色毛发，肩上则覆盖着一层斗篷状的灰白色毛发。最让考克布吃惊的是他的屁股，简直就是紧紧黏在一起的两坨粉红色大肉块！

考克布他们发呆茫然也只是眨眼的工夫，那个大家伙猛地跑过来，大声威吓卡伊，下一个瞬间却扑向那只雌性，一边发出骇人的叫声一边将她按倒在地，咬住了她的喉咙。雌性痛得匍匐在地，用尽全身的力气大声惨叫。

兴奋得近乎疯狂的雄性又向着考克布军团扑过来，灰白色的斗篷状肩毛向上飘动着。那个雌性趁机逃走了，跑进了荆棘丛中。考克布和他的兄弟们还来不及弄明白究竟发生了什么事，连忙排成一列，端好架势，与那个雄性正面对峙，大声咆哮起来。白毛雄性用手用力拍打了两三次地面，咆哮了一番，便迅速转身跑进了荆棘丛。

荆棘丛后面再次传来"扑——扑——"的叫声，随后，白毛雄性出来了，接着是两只雌性和一只背着小崽儿的雌性，最后出来了四只小狒狒。他们飞快地离开了。

这是阿拉伯狒狒家族。考克布军团从未见过阿拉伯狒狒，所以在这场初次遭遇面前显得有些手足无措。不过，那只雄性阿拉伯狒狒勇猛激烈的行为实在让考克布咂舌。最让考克布吃惊的是，原以为他要攻击卡伊，却只是威吓，接下来他竟然咬住了自己雌性的喉咙，仿佛是在斥责雌性："谁叫你自己不检点！"

考克布和他的军团朝着阿拉伯狒狒家族离去的方向小心翼翼地前进着。看来昨天晚上的"扑——扑——"声和惨叫声的确是阿拉伯狒狒们发出的。从声音判断，应该有许多狒狒住在岩石上。这究竟是一群怎样的家伙呢？他们平时的生活是怎样的？从刚才雄性攻击雌性的方式来看，似乎也不是特别可怕的家伙。而且虽说雄性的样子与狮尾狒完全不同，没有亲切感，可是雌性和自己的种群长得太像了，所以考克布对她们很有好感。

　　沿着溪流顺流而下，走出森林，眼前突然出现了一片开阔的草地。草地上零星生长着茂密的野荆棘丛和灌木丛，一百多只阿拉伯狒狒组成的大群落分散在草地上，正在采食青草，有的狒狒还爬到低矮的树上摘果实吃。在距离溪流稍远的地方，雄性们正在黄褐色的草地上享受着清晨的阳光，银白色的毛发闪闪发光。雄性的身体大概有雌性身体的一倍大，所以很容易分辨。

　　考克布从高处俯视着这个大群落，他很快就看懂了群落的结构。威武雄壮的雄性周围一般会聚集着几只雌性和幼崽，这与狮尾狒的家族构成极其类似，大群落便是由这些家族构成。不过，考克布没有看见雄性军团。是因为雄性军团出去远征了，还是原本就没有雄性军团呢？再仔细一看，考克布发现有许多青年雄性散落在四处，所以估计是青年雄性分散在群落中，并不成立单独的雄性军团。

　　雄性首领常常发出"扑——扑——"的叫声，好像是在呼唤雌性。一旦雌性从雄性首领身边离开，首领会立刻跑过去把雌性带回来，并发出威吓的叫声，攻击雌性。最让考克布吃惊的是，一旦雌性反抗，雄性就会以猛烈的气势按倒雌性，咬住她的脖颈。雌性会发出声嘶力竭的惨叫，整张脸痛苦地扭曲着。为什么要做出那么过分的事呢？考克布完全无法理解，只是呆呆地看着这一幕。

考克布理解不了倒也不奇怪。阿拉伯狒狒建立的家族与狮尾狒没什么两样，可是，家族成立的经过却和狮尾狒截然不同。

狮尾狒的家族是雌性结成的集团在先，随后成年雄性再加入进来。雄性若是不被雌性们接纳就无法进入家族，一旦加入就会成为首领，统率整个家族。

然而，阿拉伯狒狒的家族则是由强大的成年雄性来召集雌性，用强大的力量把雌性们聚合在一起。狮尾狒的雄性和雌性是由于亲爱之情而结合的，可是阿拉伯狒狒的雄性和雌性则是在由力量所保证的支配与服从的关系下走到一起的。所以，雄性总是担心雌性会逃跑，因此会频繁地呼唤雌性，一旦发现雌性离开自己就立刻跑去找她，到时还会施以威吓和攻击，拼尽所有力气将雌性带回来。有时为了惩罚雌性，雄性还会动手打或咬住雌性的脖颈。与狮尾狒相比，阿拉伯狒狒的世界是截然不同的。

考克布军团从高处下来，向阿拉伯狒狒的大群落靠近。他们转过高高的蓟花丛，遇到了一个阿拉伯狒狒家族。雌性们吃了一惊，慌忙跑向雄性首领，在首领身后缩成一个团躲了起来。首领并没有起身，嘴巴频繁地一张一合，从喉咙深处发出"扑——扑——"的叫声：没事，都躲到我身后来！

眨眼工夫，两只肩毛尚未长成的青年雄性便向考克布军团发动了突然进攻，一只扑向了考克布。考克布立刻用手将他拂到一边，对方那庞大的身躯重重地撞了考克布的手臂一下。青年雄性顺势向旁边一跳，咬住了多罗的手臂。多罗惨叫一声逃跑了，阿拉伯狒狒追了上去。

贝莱德与阿拉伯狒狒扭在一起搏斗了一会儿。他们撕扯在一起，打得尘土飞扬，难解难分。

考克布全速朝着与阿拉伯狒狒群落相反的方向跑去，得赶快撤退。对手太难缠了，进攻的速度与力气估计在狮尾狒之上。他们已经习惯了战斗，身手也十分敏捷。若是与这样的家伙为敌，恐怕只有受重伤的份儿了。况且考克布他们根本就不想打架，三十六计走为上计！

吉拉特等五只雄性看到考克布逃走了，立刻追随他而去。雄性阿拉伯狒狒又怒号了几次，却并未追上来。考克布军团到达溪流后松了口气，大口大口地喝起水来。多罗的手臂被撕裂了，鲜血流了出来。不过，锋利的獠牙并没有扎进肉里，从这点来说多罗还是幸运的。多罗舔着手臂上的血，德古为他梳理起毛发来，仿佛在安慰他。

休息了一会儿，考克布又开始前进了。"嗯咕，嗷呜，嗷呜"——休息好了吧，那咱们就回去吧。德古嗖地一下越过考克布，跑到了队伍的最前头。看来大家都是归心似箭。悬崖下方的低地是个危险的地方。

树林躁动起来，黑白疣猴从枝头上向下张望。考克布瞥了他们一眼，快步从他们下方跑了过去。

"再见了,恐怕以后再也见不到你们了。低地似乎并不适合我。"

他们经过一棵针叶树时,考克布停下脚步,抽动了几下鼻子。从上风向飘来了奇怪的味道,是血腥味,而且还有一股从未闻过的刺鼻的剧臭混杂在里面。

雄性军团以吉拉特为排头,小心翼翼地前进着。好奇心重的冒失鬼卡伊跳出队伍钻进了树丛,可是他立刻又返了回来,喘着粗气,龇着牙,哭丧着脸,好不容易才叫了一声"克咿"。接着,他就像被什么东西追赶一样,一边摇着尾巴一边一溜烟地顺着来时的路逃走了。

"有危险。"大家的想法不约而同。"可能有人类在。"考克布盘算道。对狮尾狒来说,最可怕的敌人就是人类,迄今为止他们还没遇见过比人类更可怕的动物。上方的台地没有像蛇或鬣狗之类的可怕动物,是狮尾狒们独享的乐园。

前进了几步,吉拉特低吼了一声,停下了。面前的粗大树干上竟然卧着一只豹子,旁边横着一只鲜血淋淋的薮羚的尸体。

考克布他们自然是第一次遭遇豹子,因此也无从知道豹子究竟是多么凶残的肉食动物。不过,眼前这幅残酷的光景令他们本能地意识到,这头长着黄色体毛和黑色斑纹的巨大动物绝非善类。

豹子缓缓起身,百无聊赖地伸了个懒腰,打了个大

大的哈欠。"嗯？看来这个家伙已经吃饱了，正悠闲自在呢。"考克布心想。就在这时，豹子翻身从树干上轻盈地跳了下来。

雄狮尾狒们想都没想，本能地掉转头狂奔起来。谁都知道下一刻会发生什么，那只挂在树枝上的鲜血淋淋的薮羚尸体清楚明白地宣告了他们即将遭遇的命运。

手臂受伤的多罗跑得最慢。然而，谁都没时间救他，现在只能自保。身后传来一阵撕心裂肺的惨叫。"多罗完蛋了！"年轻雄性们的心中吹过一阵寒风，然而他们只能充耳不闻，拼命地逃窜。

豹子并没打算吃狮尾狒，那只薮羚已经把他喂饱了。他正想在饱餐一顿后躺下来舒舒服服地睡个午觉，却突然出现了一群陌生的狒狒。他有时会吃阿拉伯狒狒，所以对阿拉伯狒狒并不陌生。不过这六只外形相似、毛色完全不同的狒狒的出现却让他吃了一惊。豹子的好奇心上来了，他想，顺便运动一下消消食也好，便发动了攻击，他不费吹灰之力就抓住了那个手上有伤、跑得最慢的家伙。豹子用他那锋利的獠牙和强壮的下巴咬断了多罗的脖子，并撕裂了他的身体。可是，现在豹子已经吃饱了，并不打算吃掉多罗。他喝了几口喷出来的鲜血，舔了舔自己的嘴唇，回到了树上。多罗只是因为闯入一片陌生的土地，便成了豹子的消遣，丢掉了年轻的生命。

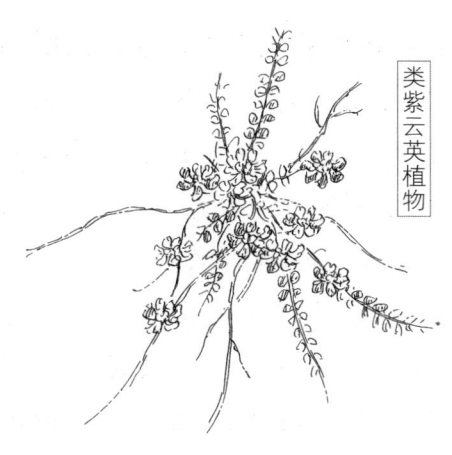

类紫云英植物

成为首领之路

今年雨季的降雨量比起往年多了。草原一整天都笼罩在云朵和浓雾里，视力所及只能看到几米之外，因此考克布完全不知道其他狮尾狒在做什么。茂密的青草给狮尾狒们提供了充足的食物，可是没有一丝阳光的日子却寒冷彻骨。北侧的悬崖结了冰，若是攀爬岩石时一不留神手滑了，就会径直掉入地狱般的深谷。

即便是在这样的日子里，有时云彩也会神奇地消散殆尽，露出蔚蓝的天空。太阳的光芒是多么难得啊！狮尾狒们晒着太阳，互相梳理着毛发，享受着温暖的阳光。

狮尾狒们在太阳照射下的青青草原上分家族聚集在一起，不过家族之间的间隔并不像在旱季时的那么大，他们聚集在较小的范围内。浓雾（从下面看则是云彩）散去后，这样的风景便会尽收眼底。

考克布率领着雄性军团攻击了家族，也算是活动活动筋骨。这就像是一种游戏，即便是真心想要吞并家族而且攻击获得了成功，转眼间他们就会被浓雾包围，所有情况马上便不在掌握之中了，最终还是会失败。

兼具活动筋骨功能的攻击行动几乎成了每天的必修课。在这个过程中，考克布注意到一个现象：首领穆里没什么精神。穆里接替阿莱特成为家族首领，在许多群落中小有名气，他长着特别长的黄白色腮须，看起来威风凛凛。

仪式性交战时，穆里常常为了声援受到攻击的家族成员第一个飞奔出来。

一天，雄性军团对穆里家族发动了威吓性攻击。穆里愤怒地冲进雄性军团，掉头引诱军团里的雄性，考克布他们大吼着向穆里追了上去。

就在这时，考克布心中升起了一个疑团。穆里的奔跑没有了往日的气势，或许是因为穆里看穿了年轻雄性们并不是真要攻击，有一大半玩耍的成分在里面，所以他自己也偷懒了。可是，考克布总觉得这次和往常有些不一样。

奔跑中的穆里双手有时会撞到狮尾狒走廊上突起的土块，这个细节逃不过考克布锐利的眼睛。考克布无法想象这会发生在穆里身上。

穆里是群落里奔跑能力最强的，没有谁能追上他。他的奔跑很有特色，跑起来时弹跳得很高，力道极大。所以，他的手绝不可能碰到地面上微微翘起的土块，考克布宁愿相信是自己看错了。究竟是怎么回事？考克布跟在穆里身后追赶着，脑中一直盘旋着这个疑问。

模拟战争结束后，穆里似乎也有些提不起精神。考克布没有看漏这一点。说起来，穆里的左手腕稍稍鼓起了一块，也许是受伤了。不过，难道是……一个疑问掠过考克布的脑海。

他想起了今年春天死去的阿拉夫婆婆。阿拉夫婆婆的胸部长了一个大瘤子，那个瘤子越长越大，后来破裂了，涌出了像脓一样的东西。此后阿拉夫婆婆的行动变得吃力，渐渐没了食欲，终于死掉了。群落里有两只狮尾狒长了这种肿块，难道穆里也被这个魔鬼缠上了？

狮尾狒的天敌除了人类，还有另外一种看不见的天敌，那就是疾病。这种肿块是疾病所致，是由绦虫引起的。绦虫是一种寄生虫，它会经历虫卵—幼虫—成虫的生长过程，成虫寄生在肉食动物身上。

这一地区的肉食动物便是锡门豺了。绦虫寄生在锡门豺肠内，一直能长到约三米长。成虫产下虫卵，虫卵随着宿主的粪便落在草原上。草食动物将虫卵和草一起吃下，虫卵就在草食动物的肠内孵化成幼虫。草食动物被肉食动物吃下，幼虫又会成长为成虫，这样便经历了一个循环。

　　狮尾狒吃下带有虫卵的青草后，虫卵会成长为幼虫。不过幼虫并不寄居在狮尾狒的肠内，而是在其皮下或肌肉中长大。幼虫被称为囊包虫，是比大豆稍大一些的软软的袋状物。让人厌恶的是，囊包虫会在宿主体内不断分裂下去，于是便会使宿主生成巨大的肿块。若是肿块体积过大，便会破裂，囊包虫会露出并有体液流出，因此看起来就像是化了脓一般。囊包虫增长的速度因宿主个体而异，不过一旦感染便会终身跟随，是十分棘手的寄生虫。

　　阴郁的雨季结束了，接下来几乎天天都是万里无云的晴空。若是在没有风的日子里躺在向阳的地方，身体会变得暖洋洋的，身体一放松，便会不知不觉地打起盹儿来。不过，时间一长，草渐渐枯萎，青草也变得越来越少了。

　　二月是最难熬的季节。狮尾狒的主食禾本科植物几乎都枯萎了，他们只能采摘那些埋藏在枯草中的少量青草食用，效率极低。狮尾狒们也会挖掘百合球根和类紫云英植物，因此草原上到处都是狮尾狒走廊的痕迹。

穆里家族也在拼命挖掘百合球根。考克布离开雄性军团，信步走到了穆里家族附近。

穆里左手腕的肿块比原先大了些。考克布目不转睛地看着穆里挖掘球根的样子。就像他想的一样，穆里左手的力量变弱了。考克布"哼"地打了个响鼻，终于到时候了，他心下暗想。

康娇正在对面拔类紫云英植物，眷恋之情忽然涌上考克布心头。康娇拥有肌肉紧实的健美身体，十三岁正是雌性狮尾狒最美好的年华，她那黑黝黝的脸上散发着动人的光泽。在她身旁有一个小崽儿，看样子出生七八个月了，下巴还没有突出来，圆圆的小脸十分可爱。穆里家族有四只雌性和十只幼崽，这些考克布早已知道，且穆里家族里并没有辅佐首领的第二雄性。

圆圆的白菊花丛仿佛被修剪过一般，密密地生长在低洼处。幼崽们正聚在那里玩耍，考克布走了过去。

考克布注意到，在这群幼崽里，有一只即将进入青春期的雌性——伊拉特。因为是康娇的女儿，所以伊拉特长得眉清目秀，胸口的心形标记微微发红，不过还没长成红宝石般的肉块。考克布凑到伊拉特身边，嘴巴一张一合，仿佛耳语般地轻声叫道：嗷呜，呜。

伊拉特最初有些害怕，不过还是允许考克布为她梳理毛发了，她自己也开始为考克布梳理起大腿上的毛发来。"不久之后你就会变成我的女儿了。"考克布如此一想，顿时觉得伊拉特十分可爱，不禁发出了"嗯咕，嗯咕——"的叫声。

糟了！考克布暗叫不好，刹那间便听见一阵急促的脚步声踏着枯草逼近了。考克布连忙离开了伊拉特，几乎与此同时，穆里从圆形菊花丛旁边跳了出来，他那长长的腮须闪耀着金光，脸上全是愤怒的神情。穆里吊起额头露出白眉，"咕嗷"地叫了一声，用手拍打了三四次地面，以此来威吓考克布：你在这里做什么？快给我滚到那边去！否则的话让你吃不了兜着走！

考克布迅速从伊拉特身边跑开，一把抱起身边最小的小崽儿——大概还不满一岁——紧紧抱住，两次翻起上唇，做出一脸哭相——对不起！是我错了，请饶恕我吧！

怀抱小崽儿的雄性是不能被攻击的。一旦发动攻击，那就意味着攻击小崽儿。不伤害幼崽，是狮尾狒社会里严格的规范。而且，小崽儿可爱的样子会融化对方的心，平复对手的攻击情绪。在狮尾狒的社会里，若是在被斥责时抱起小崽儿，不但向对方表达了"对不起"的意思，同时也是一种平缓对方愤怒情绪的行为。

穆里原本对这个调戏自己心爱女儿的雄性军团中的雄性狮尾狒怒不可遏，如今看考克布苦苦求饶，便又向伊拉特立起了白眉以示惩戒，他带着伊拉特返回了自己的家族。

考克布采取了一个有些无赖和狡猾的策略，目的是试探穆里的实力。这种时候打架也没多大意思，所以他立刻道了歉。不过他冷静地分析了穆里的行为，他左手的情况的确不好。若是穆里很健康，那么在他用手击打地面的时候，应该能传递出更加激烈的愤怒，像刚才那种程度顶多能吓唬吓唬德古。终于到了拿下穆里、夺取家族的时候了。考克布抓了一把开得正盛的白菊花塞进嘴里，抖动着身体打了个激灵。

考克布在返回雄性军团的路上去见了见耐奇。最近半年，耐奇不知道消失到哪里去了，不过突然又回来了，或许他还是觉得艾米艾特群落住得舒服吧。耐奇的年纪太大了，身体似乎变小了，一半的腮须和下巴上的胡须都变白了，整个身体的毛发都白花花的，颇具"爷爷"的风采。

考克布一边发出"嗯咕，呜"的声音一边靠近，用两只后足站立起来，露出胯下的红色部位，向耐奇打了招呼。如此表达完敬意之后，考克布轻轻地为耐奇梳理了毛发。作为回礼，耐奇也只是象征性地为考克布梳理了毛发，随后两只狮尾狒便并排坐了下来。每次和耐奇在一起，考克布都会感到内心很安详。

风变大了，飕飕地吹着，吹过草原。两只并排而坐的狮尾狒的长长的肩毛和腮须向一个方向飘动着，遮住了半张脸。考克布已经长齐了厚密的毛发，成了一个威武雄壮的成年狮尾狒，他那金光闪闪的腮须是青春的象征。只是这样坐在耐奇身边，考克布的体内就充满了力量，想要攻占穆里家族的决心更加坚定了。

第二天，艾米艾特群落的家族从硕莲林北侧的悬崖爬上了草原，晒了会儿太阳后便四散到草原上，开始了清晨的觅食。穆里家族位于最西边，和其他家族隔了一段距离。这可是绝好的机会，考克布没有丝毫犹豫，径直朝着穆里家族走去。

其他年轻雄性从考克布毅然决然的态度中觉察到了什么。他们明白这是要去攻击穆里家族，而且从考克布浑身上下散发出的气势和强有力的步伐中，他们能感觉出这次绝不仅仅是模拟战争，而是动真格了。

雄性军团的五只狮尾狒横向排成一行，像是要将穆里家族和其他家族分隔开，并同时发出了威吓的声音。穆里感到了与以往不同的杀气，频频发出叫声，将雌性们召集到自己身边，打了个大大的哈欠作为威吓。他那锋利的獠牙足足有小手指那么长，在阳光下闪闪发光，展示着他的斗志。

雌性们也从雄性军团那非同寻常的猛烈气势中感到了危险，都围坐在雌性首领密西鲁周围。穆里用手击打着地面，嗒嗒嗒前进了两三步，"咕嗷"地咆哮了一声——到那边去！否则有你们好看的！

若是在以往，一定会上演一出热闹的搏斗。年轻雄性们会在他的威吓下向后退去，穆里趁机冲上去，掉转身逃跑，然后兴奋的雄性军团会大吼着追上去。可是这次却不一样。

考克布突然向穆里扑了过去。穆里被这意外的进攻搞得有些仓皇失措，不过他不愧是久经沙场的战士，迅速闪身躲开，张嘴去咬考克布。两只狮尾狒扭打在一起，搏斗了一会儿，穆里钻了个空子，向悬崖跑去。考克布立刻追了上去。

穆里从草原上爬下悬崖，跳到了下方的台地上。他想在这里和考克布一对一地决一死战。台地长十余米，宽三至十米，南面是高达十米的悬崖，北面是千米深的大悬崖。对狮尾狒来说，开阔平坦的草原没有可以依靠的地方，总会有些不安，而在悬崖上却能镇定下来，所以他选择了这里作为决战的场地。

穆里和考克布在空荡荡的台地上开战了。在灿烂的阳光下，两只狮尾狒为了争夺首领的地位，展开了惨烈的对决。

两只狮尾狒喘着粗气，得了一个空隙，面对面对峙起来。他们突然猛冲向对方，抓住对方撕咬起来。

狮尾狒的脸部特征是，下巴像狗一样突出出来，所以他们比其他猴类更容易咬住对手。再加上锋利的长长的獠牙，便如同拥有了一把短刀。只要找准一个合适的角度，将嘴巴对准对方的身体，獠牙就能派上用场。不过要是想紧紧咬住对方，必须先用手使劲抓住对方。所以狮尾狒们的搏斗就像摔跤选手一样，往往先从手与手的交战开始。

他们激战了五个回合，完全势均力敌，不相上下。考克布原本瞄准了穆里的弱点——左手，可没想到穆里的左手还是很有力，他的作战计划落空了。

两只狮尾狒分开休息了一会儿。考克布坐在菊花丛旁，呆呆地望着天空。一只胡兀鹫身上闪着赤金色的光，在空中悠悠盘旋。穆里坐在岩石上，打了个大大的哈欠，这是他在发出威吓——看，我的匕首多么锋利！要想打架我随时奉陪！我一定会把你的脸撕裂！

两只狮尾狒再次正面对峙起来，他们用手猛地抓住对方，激烈搏斗起来。两张嘴从正面发生冲撞，发出如击碎石块般刺耳的声音，震动着四周的空气。

穆里露出獠牙威吓考克布不是没有理由的，他很擅长使用这把匕首。考克布的下颚被撕裂了，血流了出来。考克布没有畏缩，又发起了两次进攻，在穆里的臀部狠狠咬了一口。

然后，两只狮尾狒再次分开休息。考克布用手摸了摸下巴，舔了舔沾在手上的鲜血。再打下去也没用，他和穆里都受了伤，而且精疲力竭。穆里站起来，快步跑向自己的家族。

正当考克布和穆里在悬崖下方展开决斗时，被留下的雄性军团里也发生了非常事件。四只雄性军团成员趁着家族首领不在，闯入了家族内部。这些年轻雄性都有当首领的野心，悬崖下方传来的战斗的吼叫声让他们年轻的血液沸腾起来。可是雌性们都吓得缩成了一团，不肯让年轻雄性们靠近。

这时，发生了一件意想不到的事，一直担任家族首领的提拉闯入了穆里家族的地盘。提拉体格虽小，却身手敏捷，极富行动力。他是个急性子，有时爱发脾气。他看到雄性军团的首领和穆里去悬崖下决斗了，便想坐收渔翁之利，于是就闯入了家族。

提拉坐到年轻雌性罗米的面前，用手温柔地抚摸她的身体，然后抖动着鼻子发出"嗯咕，咕嗷，咕呢啊，咕呢啊咕呢啊"的声音——怎么样？我还不错吧！那个家伙一定受了重伤，站都站不起来了。你到我这里来怎么样啊？提拉对罗米说的大致是这个意思。

令人吃惊的是，罗米毫不犹豫地接受了提拉的引诱，将屁股撅向他。提拉立刻坐到那个可爱的屁股上，晃动了三次腰，和罗米进行了交配。提拉从罗米的屁股上下来时，翻起嘴唇，温柔地叫着"嗷呜，嗯咕"，这是在说：看，我一点儿也不可怕吧？

吉拉特着急了。他感到由于自己的大意，让提拉钻了空子，便凑到康娇身边，温柔地叫着，将手伸向康娇

成为首领之路

的屁股，想要把她抱起来。"我岂能输给他！"吉拉特是这么想的。可是康娇稳稳地坐在地上，露出牙齿，"克咿、克咿哎"地叫着——你在干什么？快住手！我是不会向你屈服的！

这时，穆里从悬崖方向飞奔了过来。吉拉特心想大事不妙，迅速离开了康娇。提拉一看到穆里精神抖擞的身影，也悄悄撤离了穆里家族，回到了自己的雌性那里。

穆里比预想的难对付。考克布抚摸着下颚的伤口，在草原边缘的一块岩石上坐下来休息。夺取家族的行动失败了，不过幸运的是他只受了轻伤，而他在穆里臀部上的那一击，獠牙应该插得很深。穆里左手的力量确实变弱了，考克布不会轻易认输的，他会找机会再次挑战。看到雄性军团的兄弟们朝着自己走来，考克布舔干净手指上的血迹，离开了。

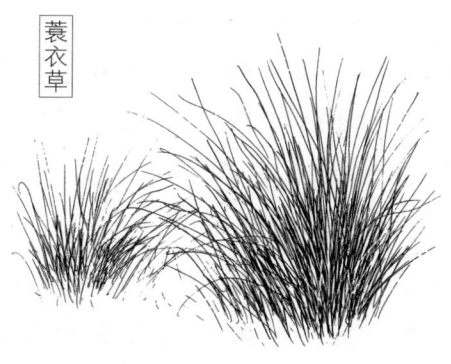

蓑衣草

决战

  五天过去了。伤口虽然出了很多血，不过伤得并不深，已经大体痊愈了。考克布觉得是时候再次发动攻击了，不过穆里对雄性军团极其戒备，总是待在群落的中央。

  旱季快结束了，食物变少了，缺水的问题也日益严重起来。大悬崖上有积蓄了水的低洼地，再加上北侧那些终日不见阳光的地方都结了冰，吃冰也可以补充水分。可是草原上的情况却不一样。虽说是草原，却不全是茂密的草地，既有小的山崖、山包，也有岩石聚集的地方，地形高低起伏，形态比较丰富。在山崖下，或是突然凹陷的草地里，通常都有水渗出或积聚。没有水便无法生存，所以，群落即便是在流动期间，一天也有三至五次会到这样的饮水地来喝水。然而，随着旱季持续，这些地方的水渐渐都干涸了。

二月是饮水地最少的时期。在饮水地，通常是整个家族一起喝水，其间其他家族会在一旁梳理毛发、休息、等候。在狮尾狒的社会里，家族之间没有强弱等级的划分，家族与家族是平等的。所以，绝不会发生按照强弱顺序占领饮水地或是在饮水地起争执这样的事情，通常是先抵达饮水地的家族先喝。

距离雄性军团攻击穆里家族已经过了七天。这天，群落来到悬崖下一处小小的泉水边喝水。最先喝水的是穆里家族。水很少，不能大家一起喝，一次只能允许两只狮尾狒喝水。喝完水的狮尾狒便在小山崖上方的草地梳理毛发，等候其他狮尾狒。

穆里和雌狮尾狒黛丝塔喝完了水，便一起来到小山崖上方的草地梳理起毛发来。考克布绝不会放过这个机会，其他家族的首领都在小山崖下轮流等待喝水，所以谁也不会来帮穆里。

考克布快速跑向穆里，快接近时放轻了脚步，慢慢靠了上去。考克布隐藏在长长的干枯的蓑衣草和菊花丛后面，穆里丝毫没有察觉，黛丝塔在为他梳理毛发。

考克布走到距离穆里几米远的时候，黛丝塔发现了他，惊讶地叫了一声"克咿"，停下了正在梳毛的双手。穆里跳了起来，几乎同时，一团褐色的躯体冲了过来，和穆里发生了激烈的撞击。穆里跳起来，向后退了两三米，紧接着迅速调整好姿势，咆哮着冲向大悬崖。

在一周前战斗过的同一个地点，两只狮尾狒再次怒目相向，展开了对决。这是一场殊死搏斗，究竟是穆里会失去首领之位，还是考克布赢得首领之位，即将尘埃落定。

激战了好几个回合之后，发生了一件奇怪的事。穆里的雌性们都跑了过来，零散地趴在可以俯视台地的南面山崖上。有的雌性在给幼崽梳理毛发，有的雌性甚至兴致勃勃地观赏他们的决斗。

雌性们的举动大概会让穆里目瞪口呆吧。一直被穆里精心呵护的雌性们理应为穆里呐喊助威才对，可是，看她们的样子，似乎是一副"谁赢了跟谁"的打算。不过，不管穆里怎么想，雌性们最看重的还是自己，跟随战胜的雄性对她们来说是最好的选择。若是卷入了无聊的纷争并受了伤，那将是再傻不过的事了。对雌性来讲，最重要的是生下健康的幼崽并将他好好抚养长大。为此，她们就需要一个威武强大的雄性。首先他要有能力保护好雌性,其次,和他生下的孩子一定是最优秀的。所以,对雌性们来说,穆里和考克布谁胜谁负并不重要,她们只会接受胜利者做她们的首领。

听到骚动声后,雄性军团也赶来了。德古和贝莱德前来给考克布助威,三只狮尾狒并排前进并发出威吓的声音,穆里被逼得一步步向后退去。

考克布得到了强有力的支援,顿时变得勇气百倍,他发出猛烈的咆哮声向穆里冲了过去。德古和贝莱德也不甘落后地冲了上去,四只狮尾狒像橄榄球队员抢球一般扭作一团,一直滚到悬崖边缘。他们惨叫着咆哮着,稀里糊涂地掉下了悬崖,从雌性们的视线中消失了。

这是老练的穆里的作战计划,无论他怎样努力,都不可能以一敌三。所以他将对手引到悬崖边上,一起坠下悬崖,这样就能把三只狮尾狒分开了。计划虽然成功了,不过也是一场听天由命的生死赌局。

穆里在即将坠落的一瞬间伸手抓住了菊花丛的枝干。他被赶到悬崖边缘时,在一瞬间看到了菊花丛,于是就想到了坠崖时的对策。

考克布却没来得及思考。他抓着穆里的身体,悬空垂挂了几秒钟,在即将滑落的瞬间用一只手的指甲抠住了岩石,然后以此为支点,将另一只手的指甲钩住了岩石一角。虽然他的身体在两只手的支撑下吊在了半空中，但这就足够了，这是考克布再熟悉不过的一个攀岩姿势。

雌性们和吉拉特他们正在纳闷儿考克布和穆里究竟怎样了，穆里首先从悬崖边上露出了头。雌性们松了一口气，心想，还是穆里厉害，我们的首领是穆里。可是，紧接着考克布也露出了头，轻轻一跃，跳上了山崖。吉拉特和卡伊虽然没有拍手欢呼，不过也高兴地来回走来走去。过了一会儿，德古和贝莱德也上来了。不愧是悬崖生活的高手，总算躲过了这一劫。

考克布和穆里休息了一会儿，又开战了。不过这次雄性军团的狮尾狒们谁也不来援助了。贝莱德的后足被咬伤了，走路一瘸一拐的，穆里锋利的獠牙把他的脚撕裂了。受伤的贝莱德蜷缩成一团不再支援考克布倒是情有可原，可是其他雄性却也选择了和雌性一同观望。吉拉特他们又开始向雌性们暗送秋波了。

穆里和考克布对于这类近似于背叛的行为不会不感到愤怒，可是现在他们已经顾不上那些了。现在最重要的是在战斗中一分高下，若是被其他事情分了心，一定会被对方趁机钻了空子。

两只狮尾狒身上都负了几处轻伤。考克布之前受过伤的下巴被锋利的爪子抓破了，血又渗了出来。不过，

经过短暂的休息,他年轻的身体很快恢复过来,又变得元气十足了。

穆里的作战策略,是力图将考克布引诱到悬崖边缘。他一直在距离悬崖边缘五米左右的地方活动,等待考克布的进攻。考克布十分谨慎地转到左侧,从穆里的斜后方发动了攻击。他的作战方针是,即便穆里后退,也要尽可能在台地的平地上战斗。

穆里明白考克布的用意。他转身躲过考克布,趁考克布没站稳猛地撞了他一下。紧接着用锐利的獠牙咬住考克布的后背,将考克布逼到悬崖边上,猛地将他推了下去。考克布从悬崖上倒栽了下去。下降了几

米后,考克布心想:"这下完了!"没想到他被一棵枯萎的石楠给挂住了。他顺势抓住了枯树,总算是脱离了危险。

观战的狮尾狒们都以为考克布完蛋了。穆里高高翘起尾巴,向后仰着身子,自豪地踱起步来。

考克布坐在岩石一角,从悬崖上俯视低地,形状各异的鞍马台地浮现在薄薄的雾霭中。考克布向西侧看去,在一块像海角一样突出的台地的悬崖上,能看见瓦利亚野山羊小小的身影。考克布感到安心,或许是少年时代被瓦利亚野山羊搭救的遥远记忆温暖了他的心吧。

决战 167

在悬崖上的短暂休息彻底平复了考克布的心情。唯有悬崖才是狮尾狒的家，才是能够安心休息的地方。考克布恢复了活力，这次他从距离穆里较远的地方爬了上去。

战斗进行到第四回合，考克布终于占据了上风。这场战斗看似永无休止，不过有一件事可以确认：穆里的左手越来越虚弱了。考克布的獠牙霍地刺进了穆里的左手，接着又在他畏缩的臀部上狠狠地撕开了一个大口子。穆里翻起被撕裂的血淋淋的嘴唇，做出认输的表情，没精打采地爬下了悬崖。

考克布胜利了！这的确是一场激战！疲劳感一股脑儿地涌上来，考克布坐在岩石上，舔着自己的伤口。他的嘴角被撕裂了，已经分辨不出是从哪里流出来的血了，咸咸的血腥味让他回忆起激战时的痛苦。

等他回过神来，看见康娇正向自己走过来。考克布"咕——"地低吼了一声，将力量注入全身。康娇走到考克布面前，向后一转，撅起了屁股。考克布毫不犹豫地骑了上去。康娇在向考克布这位新首领表达顺从之意，用实际行动明确地表示自己会服从考克布的统率。

考克布发出"嗷呜，呜"的叫声，边打招呼边向雌性们走过去——从现在开始，我就是你们的首领了！大家和睦相处吧！

雌性们高兴地做出回应，陆续走过来将屁股对准考克布。考克布时不时地发出"嗯咕"的低语声，骑上雌性的屁股。

吉拉特对罗米十分不舍，缠在她身边不肯离去。这时考克布过来了，他连忙翻起上唇，摇了摇头。考克布竖起白眉，"咕嗷"地低吼一声，算是教训吉拉特：我已经是这个家族的首领了，别来捣乱！

罗米走到考克布身边示好，考克布骑到了她的屁股上。吉拉特见状，沮丧地离开了。雄性军团剩余的四只狮尾狒早已消失得无影无踪了。

那天，雌性们不停地做出呈献行为，考克布也向她们发出温柔的叫声，抚摸她们的身体或臀部，努力安抚雌性们。

对雌性们来说，首领必须是杰出的雄性。吉拉特有心想当首领，便向雌性们求爱，可是雌性们无法接受他。她们想等待考克布和穆里分出胜负后跟随胜利的一方，如今考克布的胜利已是铁一般的事实。能够打败穆里那样的勇士，这已经很好地证明了考克布的强大，况且他十二岁，正值壮年，这一点也很吸引雌性们，让考克布做她们的首领是毫无疑义的。于是，雌性们决定主动接受考克布，这就需要把自己的意思明确传达出来，所以她们才会积极地向考克布做出呈献行为。

虽说要把考克布迎进家族，可他毕竟当过袭击家族的山贼团伙的首领，雌性们不可能立刻与他产生亲密的感情。为了缓解敌意，催生亲切感，她们会不停地做出呈献行为。另一方面，考克布也是如此。为了斩断雌性们和穆里的关系，把雌性们凝聚在自己周围，考克布很高兴地接受了呈献行为。并且他尽量温柔地对她们讲话，碰触她们的身体，和她们努力建立起一种亲密的伙伴关系。

在五只雌性中，唯独雌性首领密西鲁不一样。密西鲁不仅不向他做呈献行为，而且还紧紧抱着两只幼崽，尽量和考克布保持距离。

考克布不能对密西鲁放任不管，他一边叫着一边向她靠近，想用手触摸她。密西鲁发出反抗的叫声："克咿！"她咧开嘴，龇着白牙，做出一副要哭的表情。她的性格有些阴郁，考克布猜不透她的想法。可是，他必须驯服这个雌性首领啊！

"嗯咕呜，嗯咕，嗯咕，呜尼啊嗯尼啊，咕尼啊……"考克布发出一串安抚她的叫声，翻起上唇，试图让密西鲁安下心来——怎么了？你不喜欢我吗？用不着嫌弃成这个样子吧？

密西鲁完全无视考克布的拼命安抚甚至是谄媚，紧紧抱着两岁的幼崽不断后退，仿佛生怕自己的孩子被抢走。考克布只要一有机会就去接近密西鲁，想把她拉到自己身边，可是密西鲁明确地拒绝了他。

三天后的一个午后，穆里出现了。他支着行动不便的左手，裂开的嘴唇和眼睛上的伤将他的脸扭曲成一副无比丑陋的模样，那落魄的样子实在令人心疼。

他靠近家族时，考克布迎了上去。考克布温柔地发出"嗯咕，嗯咕"的叫声，坐在穆里面前，翻起了上唇。穆里一脸惊讶，也坐了下来，同样翻起了上唇。然后，令人吃惊的是，考克布向穆里撅起了屁股。穆里犹豫了几秒，不过还是跳上了考克布的臀部，完成了爬跨行为。不过他只是象征性地爬了一下就跳了下来，很快就撅起了自己的屁股。考克布爬了上去，将自己的腰紧贴在穆里的屁股上，重复做了两三次这个动作，然后仿佛要最后确认似的，又使劲压了一下。

接下来，两只狮尾狒开始梳理毛发了。他们时而同时梳理，时而轮流为对方梳理，表现出平时无法想象的热情，花费了很长时间互相梳理毛发。如果不知道三天前的那场激战，看了眼前这番无微不至、亲密无间的场景，恐怕会感叹这两只雄性的关系是多么要好啊！

这件事着实奇妙。按理说，考克布只有彻底排除穆里这个最大的竞争对手，才能保住自己的地位，可是考克布没有选择这个方法。

考克布看到穆里现身时，他采取了一个宽大的措施：决定要化敌为友，接纳他进入家族。从穆里的态度能够看出，虽然他已不是首领，但他仍旧很想回来。如果无情地把他赶走，只会加深他的怨恨，迟早会遭到他的报复。还不如把他变成自己的伙伴，让他作为第二雄性为考克布所用，这样岂不更好？

还有一件事也让考克布放心不下，那就是密西鲁的态度。唯独她一直在反抗考克布，恐怕今后她也不会轻易顺从考克布。密西鲁作为穆里家族的雌性首领支配着家族，和穆里结下了牢固的感情，所以她从心底无法接受考克布。

考克布担心的是密西鲁经不住穆里的诱惑，为了和穆里一起生活而脱离家族。到那时，穆里的孩子罗米也很有可能一起出走。而且如果密西鲁还保有雌性首领的影响力，不能保证不另外出现和她保持同一步调的雌性。如此一来，家族就会变得分崩离析。为了防止这种情况的出现，考克布才决心主动接纳穆里成为家族一员。

为了消除穆里的恐惧和不安，考克布主动翻唇，表示自己绝没有敌对心理，接着又让穆里爬跨，表明自己的态度：我没有要支配你的意思。

穆里获得了考克布的许可，当上了家族的第二雄性。结果密西鲁立刻跑到穆里身边，为他梳理起毛发来。就像考克布预料的那样，密西鲁忘不了穆里。即便如此，考克布仍旧有两次试图把密西鲁带回自己身边，可密西鲁抵抗到底，就是不肯向考克布屈服。考克布只好放弃。

头巾兀鹫

与雌性们的关系

十二岁的考克布年纪轻轻就当上了家族首领。他曾许过愿,如果自己能当上首领,希望是康娇所在家族的首领。如今,这个愿望成真了,他很走运。如果穆里没有生病,他是绝不可能打败穆里的。

虽然考克布打败穆里登上了首领的宝座,可更重要的还是今后的事情。除了密西鲁,雌性们都时不时地做出呈献行为,努力想要跟考克布建立亲密相爱的关系,可是难免还会有些芥蒂。若是不早些和雌性们建立牢固的感情，穆里说不定会进行反扑。穆里和密西鲁待在一块儿，还算老实，但是也不能大意。不过，很快就发生了一件意想不到的事，加强了考克布和雌性们的感情。

到了第五天，康娇臀部的皮肤微微发红，胸部弹珠大小的肉团变成了粉红色。"哎，呜哎！"康娇向考克布伸出屁股，发出求爱的信号。考克布立刻和康娇进行了亲热。康娇的崽儿大吵大闹，想要阻止，不过考克布已经管不了这么多了。这一天，康娇一步也不离开考克布，两只狮尾狒一整天都在互相梳理毛发。

第二天，康娇跟随在考克布左右，他俩多次亲热。不过另一方面，考克布对黛丝塔的行为有些介怀。黛丝塔有时会落在家族后面，考克布有些担心，便扔下康娇跑去黛丝塔身边，想要把她带回来。黛丝塔是一只四岁雄性小狮尾狒和一只两岁雌性小狮尾狒的母亲。她十四岁了，是仅次于密西鲁的高龄雌性，她性格活泼，动作机敏，十分讨大家喜欢。

黛丝塔下午三点左右生产了。可是，小崽儿是早产，生下来时已经死了。黛丝塔扔掉了小崽儿，跟上了家族。

母亲如果抱过小崽儿，给小崽儿喂过奶并养育过他，哪怕只有一小会儿，那么即便小崽儿死了，母亲也会一直抱着。但是，如果是死胎，她就会立刻扔掉。给小崽儿喂奶，抱着他、呵护他，这些行为都会激发出母爱。

第二天,黛丝塔与考克布进行了亲热。接着,年轻的雌性艾丽卡也流产了。令人震惊的是,早晨流产的艾丽卡傍晚时分就发情了,与考克布进行了交配。

考克布突然忙起来了,他必须同时和三只雌性亲热。康娇嫉妒起来,有时会威吓黛丝塔她们。不过这点威吓根本吓不住她们,三只雌狮尾狒在强烈的冲动的驱使下,追着考克布不放。不过,唯有最年轻的六岁大的罗米和大家不同。罗米有一只可爱的雄性小崽儿,她正忙着带孩子,没有与其他雌性竞争。

雄性首领要想和雌性建立牢固的感情,互相梳理毛发、尽量多地待在一起等行为固然重要,不过最重要的

还是性行为。通过这样的行为，雄性和雌性两种完全不同的个体才会真正心灵相通，互相信赖。

雌性不停地做出呈献行为有两个原因：一是向新的雄性表示服从，表明自己接受他作为新的首领；此外，还有一个隐藏的理由，呈献行为是雌性交配时的姿势。所以，经常做出这样的姿势，会激发雌性的性冲动，促进性激素的分泌。不过，雌性对此一无所知。潜意识里的内在冲动促使雌性做出了这样的行为。

罗米没有与考克布亲热的原因是她需要抚养小崽儿。小崽儿每天都要喝奶，而促进哺乳的激素具有抑制性激素的作用，不过，当她不停做出呈献行为时，性激素的分泌便会渐渐增强。过了很久，大约四十天以后，罗米与考克布进行了交配，建立起了亲密的关系。

考克布与雌性们建立起爱情纽带后，终于能够安下心来观察周围的情况了。

一只头巾兀鹫划过蓝天，急匆匆地向西飞去。考克布不知不觉激动起来，一定是兀鹫发现了动物的死尸，这个讨厌的家伙！考克布向树林方向望去。

雄性军团从硕莲林里跑了出来。最前面是吉拉特，随后是德古、贝莱德、卡伊，最后是芬塔。"芬塔终于也加入雄性军团了，这也是顺理成章的一条路啊。"考克布回想起芬塔那有些固执的性格，心中一下子暖暖的。

吉拉特迈着强有力的步伐，走起路来威风凛凛。看到他的身姿，考克布感到十分钦佩。这一阵子考克布忙着建设自己的家族，完全不知道雄性军团现状如何。现在看来，吉拉特的成长最为显著，从他的雄姿来看，完全可以胜任雄性军团的首领。

考克布心中忽然刮过一阵寒风，他仿佛听到有人对他低语：现在可不是佩服别人的时候！你已经是家族首领了啊！都说昨天的朋友有可能成为今天的敌人，现在这句话已经变成了现实。曾经在一起生活过很久的那些年轻雄性如今都变成了强有力的竞争对手，他们对首领的地位虎视眈眈，今后将会不断地发动攻击。到那时，若是念及昔日兄弟情义而手下留情，或是暴露自己的弱点，必定会遭受重创。将过去的回忆和感伤都抛到脑后，毫不留情地夺取属于自己的东西——这样的现实主义正是他们年轻雄性拥有的特性。首领这个位置，只有在痛下这种无情的决心之后，才有可能夺取到手。自己能够成为首领，不也正是年轻时这种不达目的誓不罢休的激情洪流所赐吗？

锡门豺

年轻首领

艾米艾特群落一共九十三只狮尾狒,包括八个家族,由五只年轻雄性组成的雄性军团,还有两只自由雄性。考克布当上家族首领后才明白这是件多么辛苦的工作,与旁人看到的完全不同。在外人看来,首领整天被雌性们包围着,日子过得好像很安逸很幸福。可是要想把雌性们凝聚在一起,却要付出许多心力,耗费大量的能量。

进入小雨季,青草开始发芽了。到了旱季的末期,水和树叶都变少了,一天基本上都要耗费在采摘青草上，强烈的阳光几乎要把黄褐色的松叶点燃了。想起在雄性军团时候的事情，考克布觉得那些轻松悠闲的日子就像在做梦。此刻家族排成一行横队，大家都在拼命摘草。

早上的进食完毕后，家族成员便各自休息去了。考克布想让雌性们给他梳理梳理毛发，便向黛丝塔走去。考克布的突然靠近让黛丝塔吃了一惊，她"克咿"地叫了一声，做出要哭的样子。黛丝塔对于新加入的考克布还无法从心底产生亲切之情，当她看到考克布向自己快步走来，还以为是来训斥自己的，不禁害怕起来。

考克布也有些吃惊，他丝毫没有恐吓黛丝塔的意思。他不断发出"嗷呜，嗷呜，呜"的叫声，最后坐在黛丝塔面前，尽量温柔地大声叫道："咕呢啊，咕呢啊咕呢啊，嗯嘎，嗯嘎，呜哇嗯——"意思是：没事的，不要害怕，咱们好好相处吧！明白了？

考克布温柔地触摸黛丝塔，为她梳理毛发，哄她开心。

事实上，在考克布看来，这么做很愚蠢。本来是想增进感情，却把对方吓到了；本来是想让对方给自己梳理毛发，结果自己反倒要给对方梳理毛发讨好对方。可是，他不能生气，更不能施加体罚，因为这些是一个称职的首领所必须遵守的。在这种时候，首领必须退后一步，平复雌性的心情，巩固和雌性之间的纽带关系，这

是至关重要的。忍耐，忍耐！

等黛丝塔心情彻底转好之后，考克布和她开始交替为对方梳理毛发，大秀恩爱。随后，考克布来到硕莲树下，一簇簇如芭蕉叶般巨大的叶子随风摇曳着。

考克布开始啃那根直径约十五厘米粗的树干。虽说硕莲看起来像树，不过茎的构造却和草茎一样，并不像树那么坚硬。一口咬住后使劲一扭，茎就会咔咔咔地碎开了。考克布铆足了劲儿，狠狠地把牙齿插进了茎里。

当上家族首领后，再也不能像当雄性军团首领时那样随心所欲了。笼络雌性本就辛苦，还得费心经营和其他家族首领的关系，考克布感到了从未体验过的巨大压力。为了排解压力，考克布才会用力咬硕莲的茎，沉醉在那种快感中。

茎有些苦，嘴里的唾液变得越来越苦。考克布不停地咬啊咬，咬出了像果肉一样柔软的白色东西，咬出了一个洞。硕莲粗壮的茎是中空的，就像竹子。白色果肉很甜，考克布贪婪地吃着甘甜的果肉，终于把粗壮的茎啃倒了。

硕莲发出咔咔咔的巨大响声，倒下了。考克布只把白色果肉部分吃掉了，果肉的口感与干巴巴的禾本科植物不同，这让考克布感到愉快，甘甜的滋味融化了他的舌头。

康娇和幼崽过来了，他们开始吃白色果肉。这时黛丝塔也加入进来了，四只狮尾狒一起其乐融融地分享了这顿甜点。自己费尽心思啃倒的硕莲美味，考克布还真有些舍不得分给别人。可是如果他独自占有了美味，一定会遭受雌性和幼崽的指责和驱逐。一想到这些麻烦，还不如和和气气地一同分享，考克布深知其中的道理。

穆里现在变得十分老实，完全没有了昔日当首领时的飒爽英姿，身上的毛发也没了光泽，有些蓬乱，走起路来总是慢吞吞的，常常和孩子们一起玩耍，就像是个老好人叔叔。他如果接近除了密西鲁之外的其他雌性，就会被考克布训斥。考克布允许他和密西鲁待在一起，并为对方梳理毛发。

穆里和密西鲁的孩子——两岁的雄性幼崽穆鲁——关系十分要好。穆里常常抱着穆鲁，有时会让穆鲁骑在自己背上玩骑大马的游戏，哄他开心。

穆里正在和穆鲁玩耍，这时穆鲁的姐姐斯库娃走过来了。斯库娃今年五岁，是个即将告别青春期的可爱姑娘。穆里一直很关心斯库娃，如果能和斯库娃交上朋友，密西鲁一家就是自己的了。可是，穆里仍旧对考克布有所忌惮。考克布一旦发现他对年轻的女孩有所企图，一定会大发雷霆。

斯库娃走到穆里身边，天真无邪地凑了上来，为穆里梳起了毛发。穆里的心怦怦直跳，感到既开心又害怕，他伸直了背，四下张望。他这么做是为了确认考克布是否在附近，结果哪里都没有考克布的身影。穆里高兴起来，连忙让斯库娃给自己梳理脚上的毛发。不过，考克布随时都可能出现。穆里一面让斯库娃给自己梳毛，一面又紧张地注意着四周的动静。

康娇从草丛后面钻出来，大踏步地走过去了。芒草随风摇曳，云朵在空中气势汹涌地奔跑。草丛里露出了一个灰褐色的脑袋，穆里只扫了一眼，就像看到了可怕的怪物一样，连忙把脚从斯库娃那里抽了回来。

就像穆里担心的那样，跟在康娇身后的不是别人，正是考克布。考克布瞥了穆里一眼，立刻一路小跑跑到穆里面前，对他竖起白眉，"咕嗷"地吼了一声——你在做什么！我决不允许你和斯库娃梳理毛发！

穆里顿时惊慌失措，用屁股在地上蹭着向后倒退，不停地翻起上唇，同时从喉咙里发出类似哽咽的叫声——我什么也没做！斯库娃只是过来玩耍而已。

穆里拼命寻找着理由，不停地道歉。考克布温柔地向斯库娃打招呼，轻轻碰了一下她的屁股，将她从穆里身边带走，一直把她带到了另一边。

天上的白云不知怎么变成了达尚峰的形状，闪着银光飘浮在空中，让人联想起巨大的鲸鱼。云朵靠下的部分被染成了灰色，显得沉重而混浊。云的出现，预示着雨季即将到来。

考克布从枯草中找出青草并摘下，然后便开始挖掘球根。他向下伸出手指，双手呈铁铲状打入土中。土地异常坚硬，爪子只能进去一点儿。等到整个手掌都能伸进去了，考克布便将两只手插进去，使劲向后拉。土壤像石头般坚硬，纹丝不动。考克布用尽全身的力气，"呜——呜——"地喊着号子，身体向后仰着使劲拽。

拽了几次之后，土壤渐渐松动了，一个大土块啪地掀了起来，滚落在草原上。用力过猛的考克布差点儿整个身躯都向后翻过去。"嗯，这下能吃到好几个美味的球根了！"考克布正在暗自窃喜，只见一只幼崽摇摇晃晃地跑过来，拨弄了几下土块，捡起白色的球根塞进了嘴里。

"行啊，小子！"看着自己辛辛苦苦挖出来的宝贝被这个小不点儿抢走了，考克布顿时一肚子火，不过他只是吧唧了一下嘴，便把怒火压了下去。小不点儿是康娇的孩子。狮尾狒对待幼崽原本就很宽容，若非天大的事情一般不会斥责幼崽，更何况这是康娇的孩子，考克布就更不能生气了。他好不容易才和康娇结合在一起，一旦他呵斥幼崽，幼崽一定会发出惨叫。到那时，康娇循声赶来，一定会对着考克布咆哮，这可不好玩儿。考克布可不想事情发展成那个样子，所以区区几块球根，给他就是了。

考克布打了个哈欠，向远处望去。他看见一只锡门豺急匆匆地朝这边跑来。他正纳闷儿为什么锡门豺跑得这么匆忙，忽然脑海中闪过了一个不祥的预感。

考克布用两只后足站立起来，看着锡门豺跑来的方向。看了一会儿，他发现山丘上出现了一截木棒，那截木棒在缓缓地移动。

考克布在看到这一幕的一瞬间，本能地向后跑去，然后停下，再次站起来，想要看清楚那截移动的木棒究竟是什么。原本悠闲吃草的狮尾狒们从考克布非同寻常的动作中感到了危险，于是停止了觅食，半数左右都爬到了几步之外的悬崖下方，剩下的狮尾狒也都保持着警戒的姿势。

考克布的预感是正确的，两个肩上扛着木棍的埃塞俄比亚人出现在山丘对面。考克布见状，立刻如疾风般朝悬崖方向狂奔起来。分散在草原上的狮尾狒们也跟着他一溜烟地向悬崖跑去。就像被大浪席卷的小石子一样，那些茶褐色的肉团伴随着"轰——"的一声巨响，瞬间流向了悬崖边缘。

考克布坐在悬崖边的岩石上，观察着两个人的动静。昔日库西鲁被人类杀害的痛苦回忆在他的脑海里拼命打转。人类是种危险的动物，只要一声巨响就能杀死狮尾狒。即便狮尾狒们谨慎再谨慎，小心再小心，在人类面前，仍旧逃脱不了无端被杀的悲惨命运。

那些人肩上扛的并不是枪，只是普通的木棍，考克布终于松了口气。如果是枪的话，在阳光下会发光，这是他从库西鲁被杀事件中学到的教训。可是人类这种动物，什么事都做得出来，一切还是小心为妙。

这两个人是要从一个村落到另一个村落去。"从一个村落到另一个村落"——虽然说起来简单，却并不是一件容易的事。村子建在鞍马台地上，所以要想从那里下到山谷再去往另一个鞍马台地，必须攀登上千米高的悬崖。不过，村民们已经习惯了这种事，并不觉得在村落之间走动是件很辛苦的事。

"这一带的津杰罗真不少啊。"

"嗯。不过看样子它们特别怕我们呢，一看见我们就全都跑了。"

男人把挂在木棍上的行李包使劲往后背推了推。

"是啊，都是因为有人偷猎，它们才会怕我们。那是什么时候的事来着？达尚峰的阿布多砍了津杰罗的脑袋，然后高价出售了。听说他赚了不少钱，不过后来事情暴露，他被抓去坐牢了。所以，还是别去招惹津杰罗为妙。"

"哈哈哈！阿布多太傻了，他太招摇了，迟早会被发现的。"

两个村民说的这番话若是让考克布听到了，他一定会高兴得跳起来。两人就这样边说边走下了山坡。

村民的身影消失后，狮尾狒们又回到草原上吃起了草。考克布回到他挖掘球根的地方，将白色球根放进嘴里吧唧吧唧地嚼着，享受着美味。

雄性军团出现在对面的岩石下方。吉拉特走在最前面，其他狮尾狒在他身后排成一列大步流星地走来。这天的风很大，不时会突然刮起一阵暴风，呜呜地号叫着。硕莲的巨大叶片一齐倒向同一方向，发出很大的响声。风斜打在吉拉特他们的身上，长长的毛发被吹得倒竖起来，仿佛一团团燃烧的白色火焰。

"嗯，要的就是这个气势！很好！"排成队列行进的雄性们的飒爽英姿令考克布十分满意。

雄性军团有时会向家族挑战，不过，他们还不够熟练，没有气势。迄今为止，雄性军团尚未对考克布家族发动攻击。他们在和考克布长期相处的过程中早已领教了考克布的强大实力，况且考克布当上首领后变得更加有威严了，因此军团的雄性们明白，就算攻打考克布，也毫无取胜的机会。

雄性军团盯上了波考罗家族。

吉拉特站在中央，德古、布莱德和卡伊分列在两边，向波考罗发出威吓。芬塔对这次攻击丝毫没有兴趣，在大家身后采食青草。

波考罗似乎对雄性军团的威吓视而不见，扭头看向一旁。风呼呼地吹着，将他黑色的腮须吹到了长鼻子上，看起来很滑稽。

德古不耐烦了，嘬着嘴咆哮起来，用手砰砰砰地击打着大地。

波考罗缓缓站起身，走到自己的雌性身边——雌性们显得十分紧张，为雌性梳理起毛发来。波考罗悠然自得的态度似乎让雌性们安心不少，她们开始梳理毛发，有的则开始采食青草。波考罗家族乍看之下风平浪静，可是雌性们内心已经紧张到极点。她们已经做好了随时逃跑的准备，那心情就像是站在起跑线上。

波考罗看着德古，啪的一下翻起了上唇，粉红色的牙床在阳光下发出异样的光泽。在德古看来，他那双褐色的小眼睛分明流露出鄙视的神情。

德古有些着慌，从喉咙深处发出低吼声，使劲推了一下布莱德。波考罗真是个怪家伙，他究竟在想什么？德古心想。翻唇行为一般是弱者对强者采取的行为，可是，这个动作有着复杂的含义，常常用于安抚对方，让对方息怒，有时甚至会作为一种心理战术被使用。波考罗这个家伙到底是出于怎样的目的做出翻唇行为的呢？

吉拉特沉不住气了，他围着雌性们转了两三圈。若是在往常，情况通常是这样的：少不了激烈对抗，有进攻，有还手，只有这样，战争才会进行。可是现在，他的气势受挫了，斗志逐渐松懈，战斗的力气正在渐渐消失。他不是不知道这是波考罗的战术，可是急性子吉拉特最受不了这种拖延战术。

波考罗站起身来,似乎是要走向另一只雌性。突然,他迅速转身,猛冲向雄性军团。他的目标是芬塔。毫无防备的芬塔吓得倒仰过去,波考罗趁势给他凶狠一击,将他打得趴在地上。

波考罗来了个攻其不备,径直从雄性军团里横冲过去。重振精神的年轻雄性们大叫着追了上去。阳光照在跃动的雄性身上,包围着茶褐色身体的空气快要燃烧起来了。

波考罗和雄性军团的交战情形自始至终都没逃过考克布的眼睛,考克布觉得很好笑。"吉拉特这个家伙,真是一败涂地。这种程度的攻击遛遛腿还可以,要想夺取家族还差得远呢。而且,他们竟然盯上了波考罗,这是最大的败笔。波考罗看上去没什么实力,其实是个很难对付的家伙。"波考罗将雄性军团引到远处后,便优哉游哉地返回来了。考克布看着往回走的波考罗,打了个大大的哈欠,向罗米走去。

和平共处

考克布建立起了一个以他为中心的稳固的家族。康娇成了新的雌性首领,将其他雌性管理得很好。雌性之间的等级顺序也固定下来了,不过只是更换了一下雌性首领,康娇之后是黛丝塔,然后是艾丽卡、罗米。密西鲁排在了最末尾,不过她作为穆里的女朋友,倒也安守本分。

穆里对考克布十分顺从,充分发挥了他老好人叔叔的作用,常常和幼崽们玩耍。他左手腕上的肿块没有再变大,不过左手动起来还是有些不便。

安静祥和的日子一天天过去。从七月末开始的大雨季结束了，草原上冒出了嫩绿的青草。虽说高原上的花草种类都很少，不过紧扒着大地生长的蓟开出了淡粉色的花朵，红色的唇形科花朵也像红宝石一般星星点点地绽放在草原上。村民把寒冷的雨季称为冬天，不过现在春天来了，它赶走了雨云，降临在草原上。

一只苎胥出现在蔚蓝的天空里，仿佛刚刚来到这个世上一般。苎胥轻轻地落在了一朵花上。在这片高原上很少见到蝴蝶，艾丽卡被这只美丽的蝴蝶迷住了，她悄悄靠近，伸出手想要抓住它。蝴蝶轻轻飞起，又落在了菊花丛上，艾丽卡追了过去。

眼尖的考克布看到艾丽卡向对面走去了。艾丽卡行走的方向是塔哈侬家族所在的方向。塔哈侬头上生长着一圈金色的厚密毛发，是一个英勇雄壮的首领。塔哈侬长了一张阴险的脸，不过他体格雄壮，浑身上下都散发着精气神儿，在雌性们当中很有人气。考克布总觉得自己和塔哈侬有些合不来，觅食的时候，他们也常常有意避开对方，保持着一定的距离。

考克布坐在石头上，监视着艾丽卡的举动。真奇怪，艾丽卡将手伸向空中，仿佛要抓什么东西，随后便呆呆地看着天空，突然又慌慌张张地跑了起来，然后她又放慢脚步，轻手轻脚地走路。正当考克布百思不得其解之时，艾丽卡又一头钻进了茂盛的菊花丛中。

塔哈依站起来，朝艾丽卡走去。不知怎的，考克布的脑中顿时蹿起一股怒火，急忙朝艾丽卡藏身的方向跑去。"艾丽卡这个家伙，做出那些奇怪的举动一定是为了瞒过我的眼睛，好去接近塔哈依。"——这个想法刺痛着考克布。

艾丽卡正要伸手去抓落在白菊花上的蝴蝶。"还在装！"这个想法瞬间划过考克布的脑海。

考克布突然从菊花丛旁边露出了脸，艾丽卡吓得大叫一声"嘎！"，向后退去。考克布立刻叫着："嗷呜！呜！"——抱歉吓到你了，跟我回去吧！

考克布说话的语气很温和，身体左右摇晃着。他的确很生气，可是他强压怒火，采取了温柔的态度。

"克咿，克咿哎！"——不要！你来干什么？我只是在玩儿而已！干吗要误会我？

艾丽卡闹了起来。考克布怒上心头，刚想竖起白眉，立刻又停下了，然后发出一串含义复杂的叫声："嗯咕，咕呢啊咕呢啊，嗯咕啊嗯……"安慰生气的艾丽卡。

考克布将艾丽卡带回家族后，大家又开始忙着采摘青草了。群落一边采食，一边缓缓走下南面的斜坡。考克布一有机会便"呜"地叫一声，被呼唤的雌性也会嘟囔一声"哎"，作为回应。雌性也会呼唤考克布，考克布则头也不回地答应一声"呜"。

狮尾狒的家族成员始终都会像这样互相呼唤，确认成员之间的位置，所有成员始终都保持着一至五米的距离行进。当然，大家都能分辨出声音的主人。

当上百只狮尾狒分散在草原上觅食时，那幅场景看起来像是狮尾狒们在各自喜欢的地方自由自在地吃草。但是，这个庞大的群落是许多家族的集合，家族成员必须以首领为中心团结在一起。为此，他们不时地彼此打着招呼，以免走散。不过，雌性有时会见异思迁，去接近其他的雄性首领。雌性很任性，她们不明白首领的苦心，有时会偶发邪念，所以首领不敢有半点儿松懈。

在向雌性打招呼时也要费上一番心思，首领不能随便乱叫一通。雄性首领考克布和雌性首领康娇的关系最为重要，因此考克布和她打招呼的次数最多。

雌性首领是雌性中的顶梁柱，因此必须先把她稳住，对待其他的雌性则决不能有偏袒行为，必须一视同仁。这是一个能将雌性很好地笼络在身边的诀窍。即便是密西鲁，也是家族成员，不能排挤她，考克布没有忘记适当地和密西鲁打招呼。

群落进入了梳理毛发的时间。考克布走到罗米身边，为她梳理起毛发来。早晨晒太阳的时候，他是和黛丝塔待在一起的，所以这次该轮到罗米了。梳理毛发也需要细致考虑，和打招呼一样，考克布与康娇梳理毛发的次数最多，对其他雌性则一视同仁，不偏不倚，公平分配。

考克布为罗米梳理完毛发，坐在身旁的石头上环视四周，大家都在其乐融融地梳理毛发。密西鲁和黛丝塔在互相梳理，穆里和孩子们在梳毛。"嗯，很好，没有异常。"考克布打了个大大的哈欠，用手挠了挠腰。雌性有时会三心二意，所以他必须时不时地像这样监视家族的情况。尤其是像斯库娃这样的年轻雌性，虽说不至于做出格的事，不过有时会被外家族的雄性所吸引，甚至混进其他家族。

家族的首领总是被雌性簇拥着，仿佛是后宫的主人，看起来似乎有着无比尊贵的身份，其实他们必须时时刻刻给家人无微不至的关照，十分辛苦。

梳毛时间结束了，群落开始采食青草。不知什么时候，塔哈侬家族来到了考克布家族的旁边。考克布心想，来了个讨厌的家伙。不过他尽量装作不知道这回事，热心地采摘青草。

塔哈侬家族中一只处在青春期的雌性狮尾狒古姆闯进了考克布家族。她与康娇的儿子哈伊鲁是青梅竹马，因为有昔日的情谊在，她情不自禁地走进了考克布家族。哈伊鲁非常高兴，想要给古姆梳理毛发。

康娇见状连忙跑过来盘问，她一把推开了古姆，将古姆按倒在地。首先，作为雌性首领，康娇不能允许这种事情发生，更何况对象是自己的儿子哈伊鲁。若是平常，她顶多威吓一番，把闯进来的家伙赶走，可是今天她气昏了头，咬了古姆。"克咿哎！"古姆惨叫了起来。古姆的母亲吉娜布闻声飞奔了过来，塔哈依也跟了过来。他噘着嘴，咆哮着向考克布家族靠近。塔哈依昂起头，竖起白眉，睁大双眼，飞快地追了过来，那副样子充满了威慑力。

五只雌性以考克布为中心一字排开，塔哈依家族的六只雌性也以塔哈依为中心站成一排，两个家族的对决开始了。雄性和雌性都竖起白眉，凶猛地咆哮起来。考克布觉得吉娜布做得不对，便集中火力向她怒吼。而塔哈依则主要对着康娇咆哮。

考克布和塔哈依虽然是正面对峙，不过他们从未互相瞪视。一旦四目相对，就会演变成真正的决斗，所以对峙的雄性在威胁雌性时并不直接对视，这便是家族之间出现纷争时的解决之道。

口水大战持续了一会儿，后来，不知是哪一方先停止了咆哮，随后，狮尾狒们开始吃起草来。考克布呼唤着自己的雌性们，带着她们离开了塔哈依家族。尽量避免不必要的纷争，和睦地生活——这是狮尾狒为了让不同家族共生共存，在长期的进化过程中创造出来的智慧。

地鼠

忍辱负重

考克布当上首领已经一年多了,他和雌性们生了五只小崽儿,不过有一只死掉了。密西鲁生下的小崽儿又死了。密西鲁已经十八岁了,奶水不够充足,小崽儿十分瘦弱,最终还是死掉了。密西鲁一直抱着孩子不舍得扔掉,不过到了第三天还是扔了,成了兀鹫的盘中餐。

十二天后,密西鲁发情了。考克布走到密西鲁身边,进行了好几次交配。最划不来的是穆里,他一直把女友密西鲁当成是自己的专属物,可事情不会那么遂心如意。虽说首领允许他和密西鲁待在一起、互相梳毛，可是与雌性亲密的权利自始至终都只有首领考克布才能享有。穆里觉得无聊，便和幼崽们玩耍，或是独自远离家族采摘青草，他那没精打采的背影看起来是那么落寞。

雄性军团袭击了恰卡家族。恰卡长了一身结实的肌肉，却是个性格温厚的首领，他攻下了赛玛伊家族，成为新的家族首领。为了给恰卡助威，考克布也去追雄性军团了。发动攻击的吼叫声渐渐远去。

穆里心中的不痛快情绪突然燃烧起来了。他对密西鲁的爱意迅速膨胀，渐渐变得无法控制。"就趁现在！"穆里向密西鲁跑过去。

密西鲁现在正对着穆里的方向。穆里沉默着，轻手轻脚地靠近密西鲁。若是可以的话，他很想对密西鲁发出一连串温柔的声音，可是现在他不能出声。

密西鲁一脸为难，歪着嘴，轻轻地叫了声"克咿！"——不行哦！首领很快就回来了。

穆里不管不顾地坐在密西鲁面前，急急忙忙地翻了三次上唇。穆里仿佛要哭出来了，他的眼睛湿润了，在拼死诉说着什么。密西鲁的表情柔和了一些。必须要快，考克布就要回来了！穆里像是要匆忙躲避什么似的，绕到了密西鲁的后面。

密西鲁稳稳地坐在地上。交配需要雌性四只脚都站在地上，并向后撅起屁股。"呜——"忍耐到极限的穆里叫出了声：怎么了？咱们相处得那么好，和我不行吗？为什么不愿意？

　　密西鲁不安地四下张望。要是让考克布看到这幅场景，一定会被骂死的！

　　穆里忍不住了，用两只手抱住密西鲁的屁股，想要强行把屁股搬离地面，可密西鲁的屁股就像生了根一样纹丝不动。穆里再次用力，想要把她举起来，他的左手腕抽搐了一下，一阵疼痛钻过胸口。

　　这时，考克布急匆匆地赶过来了。穆里"嘎"地叫了一声，向一旁跳去，密西鲁同时也发出了"嘎"的惨叫声。高声和低声重叠在一起，悲哀地应和着，在空气中炸裂开来。

　　不甘心！让穆里气愤的不是因为被密西鲁拒绝了，而是因为自己的窝囊。突然刮起的狂风把穆里的毛发吹得倒竖起来，柔软的毛白晃晃的。

　　考克布凶狠地瞪着密西鲁，突然向她发动攻击。密西鲁惨叫了一声，像是被弹开似的飞快地逃走了。

　　考克布没有追上去，而是转身将手搭在哆哆嗦嗦惊慌失措的穆里的后背上，为他梳起了毛发。穆里四肢着地，身体僵硬，上嘴唇一直朝外翻着。他就这样愣了一会儿，连忙为考克布梳理起毛发来。

　　"败给他了。"穆里心想。如果考克布将他打倒在地，撕咬一番，他的心里或许能好受一些，说不定反而能激起自己的反抗欲望，重新变回那个精神抖擞的自己。

窝囊的感觉充满了穆里的内心，他感到异常痛苦。这件事之后，穆里再也没有碰过发情的雌性——不管是密西鲁还是其他雌性。

灰色的云填满了山谷，看上去就像一片辽阔的灰白色大地。和染成了深黄色的草原不同，这片云彩大地时而涌起一座座小山，时而扯开一大道裂缝，有时还会像波涛一般滚动翻腾，变换着各种形态流动着。

"轰隆隆——"沉重浑浊的声音从云彩大地下面翻滚上来。雷声在悬崖间回荡，山谷里回响起仿佛山崖崩塌般的可怕响声。刺眼的金色闪电撕裂了云彩的山丘，紧接着，一声巨大的雷声震彻整个山谷，好似整段大悬崖都崩塌了。

山谷下方一定是倾盆大雨，可是，草原上却是不可思议的晴天，片片残云向东流去。狮尾狒们在长满枯草的黄褐色草原上努力搜寻着埋在枯草之中的少量青草，忙碌地活动着他们的剪刀手。

草原上鼓起了很多小土包，这是地鼠的杰作。这种动物是老鼠的同类，不过地鼠像鼹鼠一样，都是生活在地下。它们会将挖洞时挖出的土堆在地面上，所以草原上到处都是小小的黑色土包。

地鼠是夜行性动物，白天很少现身。不过考克布曾

经和这个小家伙遭遇过一次,那是他三岁时候的事了。傍晚,考克布看见一个黑色的土包在移动,感到很好奇,便去挖那包土。结果,他尖叫着跳开了,他的手指不知被什么东西狠狠咬了一口。地面上突然裂开了一个洞,一只长着深褐色皮毛的小动物龇着牙从洞里探出头来,立刻又缩回去了。这就是地鼠。

考克布想起了孩提时代的恶作剧,心中一下子充满了温暖。

考克布停止了觅食,坐在岩石上,俯瞰整个家族。因为青草很少,所以雌性们和幼崽们都比较分散,不过他们并没有混杂到其他家族里,而是作为一个牢固的家族整体在采食青草。考克布放心了,打了个大大的哈欠,又长又尖的獠牙就像磨得锃亮的尖刀闪闪发光。他闭上嘴,咯吱咯吱地磨起后槽牙来。这并不是为了威胁雌性和其他首领,而是考克布在对自己说,我的自信已经足够强大。

山羚

神秘的雄性军团

考克布当上首领已经快三年了,这期间发生了许多事。第二雄性穆里左手腕的肿块变大破裂了,流出了像脓一样的东西,后来他的左手几乎动不了了。穆里渐渐衰弱下来,一年前失踪了,大概是病情恶化死掉了吧。

不过,也有好消息。吉拉特终于打败了波考罗,当上了新首领。波考罗在和吉拉特的战斗中受了伤,养好伤后他再次挑战了吉拉特,然而又失败了。他没有选择作为第二雄性留在家族，在某一天消失了踪影。骄傲、又有些玩世不恭的波考罗无法忍受屈居于吉拉特之下。

考克布家族壮大了不少。密西鲁的女儿斯库娃、康娇的女儿伊拉特都长大了，加入了雌性集团。穆里死后，密西鲁有两个女儿罗米和斯库娃承欢膝下，一家子生活得其乐融融。密西鲁已经二十一岁，今后不会再生育子女，想必会以老婆婆的身份在家族里度过余生。

考克布家族现在有七只成年和青年雌性，整个家族共有二十一只狮尾狒，是艾米艾特群落中第二大的家族。

考克布坐在石头上，打起盹儿来。

"呜咿呀——"一声尖叫划破了浑浊的空气。听到叫声，考克布的胸口似乎被捅了一下，紧张地四下张望起来——是吉拉特家族年轻雄性的声音。"是他们。"考克布对自己说，他站起身，向康娇她们走过去。

那是三天前的事了，考克布看见一幅奇怪的光景：德古坐在小山崖边上，不停地翻唇。他的动作和投降或道歉时的动作不同——翻起上唇后，会原样停留一会儿，粉红色的牙床全都露了出来，做出一副很夸张的要哭的表情。他重复了好几遍这个动作。

考克布觉得奇怪，便跑过去打探情况。山崖的下方，四只强壮的雄性正在悠然漫步。

"他们是谁？是从哪里来的？"考克布的脑海中掠过一串疑问。他们是从达尚群落过来的，抑或是从更远的地方赶来的？考克布刚一看到他们，脚上便不由自主地充满了力气。这不仅是因为出现了陌生的家伙，更是因为他们那无所畏惧的威武步伐以及草莽军团粗犷的风采让考克布全身都紧张了起来。

吉拉特退出后，德古成了雄性军团的首领，可是军团却失去了往日的气势和威慑力。平日里见惯了德古他们的样子，如今出现在眼前的这群凶猛的草莽勇士的威容，不禁让考克布越看越神往。德古被他们的气势所压倒，做出说不清是恐惧还是臣服，他给大家发出警报。考克布很能理解他的心境。要发生大事了——这个不祥的预感搅乱了考克布的心。

昨天，这支神秘军团袭击了恰卡家族，攻击的方式实在奇怪。

军团的三只雄性并排站在恰卡面前进行威吓，这是雄性军团的惯常做法，倒也没什么奇怪。不过，站在中央的军团首领盖达依突然坐在了恰卡的面前。考克布只能看见他的背影，所以不知他是什么表情。不过，他似乎做出了翻唇行为。更令人吃惊的是，一只年轻雄性走到恰卡身后，和另外三只雄性对恰卡进行了前后夹击。"这是犯规！卑鄙的家伙们！"考克布顿时一肚子火。

恰卡不再像平时那样镇定，有些不知所措。雌性们惊慌失措，东跑西窜。毕竟有年轻雄性介入了她们和首领之间，这让雌性们极为不安。

恰卡在三只雄性面前迈着小碎步转来转去，突然果断地向身后的年轻雄性发动了攻击，然后大吼着横冲了出去。雄性军团咆哮着追了上去，他们很快就顺着向下的斜坡跑没了影。接下来的情况考克布就不得而知了。不过雄性军团那极有张力的、强有力的咆哮声令考克布十分震惊，这些家伙绝非等闲之辈，不祥的预感袭来，考克布不禁抱紧了康娇。

刚才年轻雄性发出类似惨叫的警告声，一定是因为发现了这支雄性军团。考克布顿时谨慎起来，将雌性们聚集到自己身边。

雷声渐渐大了。从北面的大悬崖涌上来大量灰色的云，云彩迅速像烟雾一般弥漫了整个草原，转眼间，草原完全被厚厚的云雾所包围。高高矗立的硕莲林幽灵般浮在雾中，隐约可见，不过很快也消失在大雾中了。在灰色的雾霭中，身边的同伴也只能看到彼此大致的轮廓。

考克布将家族成员集合到身边后，便率领着大家静静地朝巨大的硕莲走去。一道刺眼的闪电划过，刺破了灰色的空间，紧接着，雷声响起，震耳欲聋。在硕莲下面，考克布家族的雌性和幼崽们围坐在考克布周围，紧紧抱作一团，忍受着这令人毛骨悚然的恶劣天气。

天空中忽然降下冰雹，仿佛有人突然掀开了天空的盖子。硕莲叶子就像一把撑开的大伞，无数手指尖大小的白色冰粒砸在上面又弹回去，发出令人心烦的喧嚣声。有的冰雹砸穿了叶子，无情地打在缩成一团的考克布家族身上。

缩在一角的伊拉特哆嗦了一下，钻进了这团巨大的毛球里，她将自己快要冻僵的身体紧紧贴在考克布的大腿上。寒气咄咄逼人，这种时候，大家只能紧紧抱在一起，互相用体温温暖对方。这是渡过难关的唯一方法。

闪电划过灰色长空，紧接着雷声滚滚，仿佛有白色火花从那里迸出——冰雹哗地倾泻在草原上。其他家族都在哪里呢？身处这片灰色的雾霭中，考克布也无从知晓。大家应该都在某处的岩石后面或硕莲下躲避这场没完没了的冰雹吧。

冰雹停了，转眼间，云彩被吸入山谷。可怕的闪电和雷鸣消失了，蔚蓝的天空又回来了。草原上的冰雹已经堆积了几厘米高，放眼望去，整个草原像是铺上了一层白银做的毯子，在阳光的照射下闪着刺眼的光芒。冰雹虽然停了，考克布家族仍然紧紧围抱在硕莲树下。

草原上向外伸出的悬崖上，出现了一只山羊。它长着一对小小的角和一张端正的脸庞，朝左右看了看，便猛地奔跑起来。这种动物总是独自行动，仿佛像是在炫耀自己轻盈的身姿，它在一块块没被白色地毯覆盖的岩石上蹦来蹦去，将身体弹得高高的，渐渐远去了。考克布模模糊糊想起年轻时自己的青春热血也曾沸腾燃烧，也曾独自远行寻找归宿。虽然日光灿烂，背阴处的温度仍然很低。为了让冰冷的身体暖和过来，必须走到有阳光的地方去，即便那里是堆积着冰雹的草原。考克布家族移动到露在外面的岩石上。其他家族有的在晒太阳，有的拨开正在融化的冰块，采摘起青草。

　　白银地毯隆起的高地上，神秘的雄性军团出现了。四只脸庞漆黑的勇猛的雄性狮尾狒，在耀眼的银色草原上阔步走来。群落中的家族分散在四处，要想袭击某一个家族，这是最理想的状况了。

　　从他们走来的反方向——东方传来震耳欲聋的咆哮声，是德古军团攻击塔哈侬家族的声音。塔哈侬的声音特别大，因此马上就能听出来。德古性格老实，不具备与家族首领抗衡的凶猛个性。说是攻击，顶多也就相当于一大早活动活动筋骨。从塔哈侬的叫声也能判断出来，他的声音里并没有紧迫感，倒是有一种足球教练指导球队的娱乐成分掺杂在里面。

　　在银白色原野上阔步走来的千真万确就是盖达侬军团，这个军团的强大之处在于成员全部是勇猛的青年雄性，他们单单是结队而行就能散发出强大的威慑力。正是因为有了这些狮尾狒，德古军团才像得到了援军似的精神起来，比之前更加活跃了。考克布担心他们这样赖着不走，迟早是个麻烦事。

盖达依的目标就是考克布,这一点很快就一目了然了,其他家族他连看都不看一眼,径直朝考克布家族走来。盖达依军团用力踩踏着堆满了冰雹的大地,发出沙沙的声音,来到了考克布家族面前。

盖达依若无其事地坐在考克布面前,咕噜一下翻起了上唇。这次的翻唇动作与往常不同,速度极快,看起来像是刚一张嘴马上又闭上了。最令人震惊的是,盖达依没有一丝恐惧的样子,他完全是一副无所谓的态度,对手是幼崽也好雌性也好,似乎都不关他的事。事实上盖达依采取的是故作破绽百出之态麻痹敌人的战术——看似漫不经心、毫无敌意,却在观察对方,一有可乘之

机立刻直击对方的弱点。

考克布打了个大大的哈欠,露出锋利的獠牙,抓了把草塞进嘴里,喉咙深处发出低沉的吼叫声:"咕嗷!"——哼,你骗不了我!有胆量就来啊!

考克布仿佛完全无视年轻雄性们的存在,给黛丝塔梳理起毛发来。黛丝塔将自己交给了考克布,她的身体变得十分僵硬,已经做好了随时逃跑的准备。这是一场微妙的心理战。"我绝不会输给你们!这点威胁算什么。"

考克布轻轻推开黛丝塔,突然向着盖达侬身旁的年轻雄性前进了两三步,嗒嗒嗒地用手使劲击打着大地,发出威胁。年轻雄性吓得向后退去。盖达依仍旧坐在原地,挪了挪屁股,将身体斜了过来。考克布看准这个小小的破绽,猛撞过去。年轻雄性们立刻乱了阵脚,考克布趁他们惊慌失措之际,将盖达依军团的阵营彻底搅乱,然后大吼着奔跑起来。冰雹颗粒四散,在阳光下仿佛一颗颗珍珠在闪耀。

盖达依率领着年轻雄性大吼着追赶考克布,考克布用尽全身力气飞奔着。考克布头上和肩部的长毛倒竖着,仿佛一头威武的雄狮,足以向雄性军团展示他的力量。

没有狮尾狒追上来,考克布稍稍放慢了速度,和雄性军团间保持着十米左右的距离。力量从他的体内源源不断地涌出,考克布沉浸在率领年轻雄性狂奔的快感中。"这些家伙还赢不了我。"强烈的自信使他放缓了脚步。

盖达依是个深不可测的家伙,从他和其他家族的战斗情况可以看出他拥有强大的力量。不过,他那莫名其妙的态度总是让人不寒而栗,考克布无法看透他的真实面目。后来,考克布下定决心用头撞了他的胸膛,总算摸清了他的实力。盖达依的肌肉紧实而富有弹性,反弹回来的力道猛烈并气势十足,这些都说明盖达依确非等闲之辈,他的确具备在将来某一天成为家族首领的资质。不过,要想敌过现在的考克布,还差得远呢。

考克布这样想着,又放慢了些速度。雄性军团这下来了劲头，大叫着缩短了距离。

奔跑在闪着耀眼光芒的银白色原野上，脚下沙沙沙地扬起银白色的冰雹颗粒，考克布感受到了作为一名首领的生存意义所在。前面矗立着一棵高达几米的硕莲，考克布突然全力加速，向着硕莲猛冲过去。雄性军团被远远地甩在了后面，他憋足了全身的力气大吼一声，嗒嗒嗒地跑上了硕莲的茎，转身跳了下来。年轻雄性们追过来的时候，考克布早已如疾风般离去，带着胜利者的骄傲，在银白色的原野上缓步奔跑着，跑向等待他归来的家族成员们。

草原雕

星之明日

艾米艾特群落进入了休息时间。恰卡家族避开了强烈的直射日光，聚集在巨大的硕莲树干下，在摇曳的树影中忙着梳理毛发。塔哈依被雌性和幼崽簇拥着，一副十足的家族家长的架势，悠闲地打着盹儿。黛丝塔正在给考克布梳理毛发，考克布突然起身走了起来。黛丝塔想要跟上来，却被考克布阻止了。她发出不满的叫声："克咿哎！"不知为何，考克布很想独自待着。

考克布利用岩壁上的突起轻松爬上了巨大的悬崖，

坐在岩石上。

天空中没有一丝云，抬起头，可以看到一望无际的蔚蓝天空，眼白几乎都要被蓝天染成蓝色了。远处，达尚峰像一头巨大的鲸鱼横亘在天际，绵长的、沉甸甸的山脊像往常一样伸展着。

考克布忽然想起了盖达依。那个家伙曾经摆出一副懒散的态度，坐在考克布面前，毫无惧色。真是个奇怪的家伙，不过，的确是个不好对付的对手，考克布心想。在考克布和盖达依军团决战后的第六天，盖达依军团离开了艾米艾特山，渡过津巴河，朝着达尚峰进发了。他们组成威武的队列，迈着坚实的步伐渐渐远去。与盖达依军团的雄姿相比，德古军团愈发显得弱小了。

考克布并不觉得自己会输给盖达依，不过他们的离去的确令他松了口气，迄今为止考克布从没遇到过这么强大的军团。所幸他们很干脆地离开了，如果赖在这里不走，一定会有某个家族被军团打败。如此一来，考克布就不得不和那个令人费解的家伙在一个群落里生活。一想到这个，考克布就感到自己的心被一股令人恶心的不快染成了灰色。

一阵暴风呼地刮过，仿佛有一大团空气突然喷射过来。厚密的毛发倒向一侧，长长的腮须遮住了大半个脸，后背的毛发被吹得翻了上来，露出包裹着身体的又短又柔软的白色毛发。刺骨的寒气令考克布打了个哆嗦，暴风过后，从天而降的一束束灿烂的日光又让整个身体渐渐暖和起来。

在考克布的内心一角，淤积了一种说不清的沉重的东西。很明显，这是盖达依在考克布心里留下的东西。现在，考克布正处在身心充实的鼎盛时期。他和雌性们相处得很融洽，小崽儿接连出生，家族正在逐渐壮大。可是，说不定什么时候就会出现一个强大的雄性军团，将他从首领的位子上赶下来，又或许他会像穆里那样染上可怕的疾病。考克布体内忽地吹过一阵寒风，独自站在冰冻着的悬崖上，一种冷冰冰的孤独感包裹了他的全身。

"咚——！"一声沉闷的响声打破了寂静，考克布抬头一看，只见一只胡兀鹫闪着赤金色的身躯悠然盘旋在天空中。他张着巨大的双翼，借助空气的流动，随心所欲地缓缓移动着。突然，胡兀鹫加速了，他盘旋了一小圈，紧接着便在蓝宝石般透明的碧空中划出一道金色的抛物线，向着山谷飞了下去。他一定是飞到碎骨场的平台上去了，平台上一定聚集着一群吵吵嚷嚷的草原雕和乌鸦，不顾一切地争抢着骨头。

如此一想，考克布忽然觉得很好笑。他想起在遥远的少年时代，自己曾被神秘的响声吸引到碎骨场。这段回忆仿佛一阵清风吹过他的心田。

那颗冰冷、饥渴、孤独的心被滋润了，考克布恢复了平日的淡定，环顾四周。他看到了一簇白色的菊花

丛，仿佛堆积的冰雹。一只锡门豹从花丛里露出脸，他像是被冻住一般一动不动。突然，锡门豹跳了起来，脸朝下，弓起了后背，咚地一下跳了下去。"呵呵，看来是捉到老鼠了，大家都很努力呢。"考克布这样想着，伸了个懒腰，张开大嘴，将锐利的獠牙刺进光束。

"咕嗷！"考克布从体内发出一声短粗的叫声，叫声并不针对任何人。随后他爬下悬崖，动作如青年一般轻快。考克布踩着茂盛的青草，高高翘起尾巴，迈着轻快的脚步，骄傲地朝着正在悠闲地给幼崽梳理毛发的康娇走去。

关于狮尾狒

狮尾狒是一种典型的灵长目动物。灵长目动物种类繁多。大多数灵长目动物生活在树上，在大树间来回活动，寻找食物；而狮尾狒栖息在悬崖上，在草甸上采食野草，它们主要分布在埃塞俄比亚高原。

这次登场的狮尾狒栖息在埃塞俄比亚高地的大悬崖上。埃塞俄比亚人称这种狒狒为"chelada"，可是第一个汇报这种猴子的德国人听成了"gelada"，因此便有了"gelada（狮尾狒）"这个名称。在猴科动物中，狮尾狒的生态和社会十分独特，它们只生活在海拔两千六百米以上的山岳地带，而且只居住在陡峭的悬崖上。晚上在悬崖的半山腰过夜，到了早上会爬到悬崖上方的草原去采食青草。所以，居住在高原地带的狮尾狒可以说是彻底的草食动物。

埃塞俄比亚的国土面积大约是日本的三倍大，狮尾狒住在北部的山岳地带。这里的地形很特别，是所谓的鞍马台地，到处都是陡峭的大悬崖。长期以来，人们认为狮尾狒只存在于埃塞俄比亚北部。然而，最近发现，在谢贝利河的一部分悬崖上也生存着狮尾狒，这条河流经跨越东非大裂谷的埃塞俄比亚南部地区。这是由日本京都大学灵长类学研究所的森明雄副教授发现的，这个发现令世界上的灵长类动物学家和埃塞俄比亚人震惊不已。遗传学家们组成了研究小组，我也加入其中，开始了对狮尾狒的研究。

狮尾狒在学会变得有名并开始受到重视，是因为它们的社会结构和社会行为十分特别，是在其他灵长类动物中看不到的。至于这是一种怎样的社会结构和行为，读了这本书之后，相信大家已经了解了。请允许我在这里简单总结一下，便于大家复习。

日本猴等多数猴科动物会建立一个由多个雄性和雌性以及幼崽组成的群落。但狮尾狒并非如此，它们会建立一个特别的多层社会。

一只成年雄性狮尾狒首领和二至十只雌性狮尾狒以及幼崽组成一个集团，这是构成狮尾狒社会的基本社会集团，叫作"一雄家族"（简称家族），相当于人类原始社会的一夫多妻制家族。在这本书里，考克布出生成长的迪鲁家族就是"一雄家族"。在家族里，会有仅次于首领雄性的成年雄性，这样的雄性叫作第二雄性。库西鲁叔叔就是第二雄性。

多个家族聚集在一起形成一个和睦的集团,这个集团叫作"群落",这种群落的结构叫作多层结构,它类似于人类社会中几个家族聚集在一起形成的村落。组成群落的家族之间没有孰优孰劣的次序,每个家族都是对等的关系。所以,也不存在统率整个群落的首领。

群落平时生活的地方大体是固定的,相邻群落间并不会因为领地而发生争执。也就是说,群落没有地盘。不仅如此,相邻的群落甚至还常常会合,建立一个超大群落,在不同群落的领地之间自由往来。在灵长类动物的社会中,这一现象是狮尾狒独有的特征。群落的规模小的有十几只,大的能达到四百多只。这个故事里出现的艾米艾特群落算是中等规模。多个群落会合时,能组成超过七百只狮尾狒的超大型群落。它们在草原上一起游动的场景震撼至极,甚至能令人屏住呼吸。

雄性幼崽成长为青年后,会离开家族独立生活,这样的雄性集合起来就组成了雄性军团。不过,也有雄性并不会加入雄性军团,而是选择独自在群落中生活。这一类雄性是怎样生活的、将来做何打算,这些都可以从故事里找到答案。

我第一次调查狮尾狒是在一九七三年,我在锡门地区的深山里和狮尾狒一起生活了大约半年。那之后我一直在埃塞俄比亚进行野外研究,狮尾狒是我在猴科动物中最亲密的朋友。我的同行也一直在继续进行这项关于狮尾狒的研究。

Kawai Masao No Doubutsuki (1) Geradahihi No Hoshi

Copyright © 1997 by Mato Kusayama & Masayuki Yabuuchi

First Published in Japan in 1997 by FROEBEL-KAN COMPANY,LIMITED.

Simplified Chinese edition copyright © 2025 by Beijing Dandelion Children's Book House Co., Ltd.
Through Future View Technology Ltd.

All rights reserved

版权合同登记号 图字：22-2023-044

图书在版编目（CIP）数据

决战悬崖的狮尾狒 /（日）草山万兔著 ；（日）薮内正幸绘 ；孙雅甜译. -- 贵阳 : 贵州人民出版社, 2025.4
（世界动物小说）
ISBN 978-7-221-18260-9

Ⅰ.①决… Ⅱ.①草… ②薮… ③孙… Ⅲ.①长篇小说—日本—现代 Ⅳ.①I313.45

中国国家版本馆CIP数据核字(2023)第257308号

SHIJIE DONGWU XIAOSHUO
JUEZHAN XUANYA DE SHIWEIFEI

世界动物小说

决战悬崖的狮尾狒

[日]草山万兔 著 　[日]薮内正幸 绘 　孙雅甜 译

出 版 人	朱文迅	策　划	蒲公英童书馆		
责任编辑	颜小鹏	蒲　仪	装帧设计	王学元　曾　念	责任印制　郑海鸥

出版发行	贵州出版集团　贵州人民出版社
地　　址	贵阳市观山湖区中天会展城会展东路SOHO公寓A座（010-85805785　编辑部）
印　　刷	鸿博昊天科技有限公司（010-87563716）
版　　次	2025年4月第1版
印　　次	2025年4月第1次印刷
开　　本	880毫米×1250毫米　1/32
印　　张	7.125
字　　数	125千字
书　　号	ISBN 978-7-221-18260-9
定　　价	39.80元

如发现图书印装质量问题，请与印刷厂联系调换；版权所有，翻版必究；未经许可，不得转载。
质量监督电话　010-85805785-8015